KB261712

철도노조 KTX열차승무지부 지음
노동만화네트워크 그림
민족문학작가회의 자유실천위원회 엮음

그대들을
희망의 이름으로
기억하리라

국립중앙도서관 출판시도서목록(CIP)

그대들을 희망의 이름으로 기억하리라 : KTX 여승무원 문집 / 민족문학작가회의 자유실천위원회 엮음 ; 철도노조 KTX열차승무지부 조합원 지음 ; 노동만화네트워크 그림. -- 서울 : 갈무리, 2006   p. ; cm. -- (피닉스문예 ; 5) ISBN 89-86114-89-5 04810 : ₩8000 ISBN 89-86114-58-5(세트) 818-KDC4 895.785-DDC21　　　　　　　　　　　CIP2006001343

KTX 여승무원 문집

그대들을 희망의 이름으로 기억하리라

지은이 철도노조 KTX열차승무지부
그린이 노동만화네트워크
엮은이 민족문학작가회의 자유실천위원회
펴낸이 장민성, 조정환
책임운영 신은주 편집부 오정민 마케팅 정현수
용지 화인페이퍼 인쇄 · 제본 한영문화사
펴낸곳 도서출판 갈무리 등록일 1994. 3. 3. 등록번호 제17-0161호
초판인쇄 2006년 7월 7일 초판발행 2006년 7월 17일

주소 서울 마포구 서교동 375-13호 성지빌딩 101호
전화 02-325-1485 팩스 02-325-1407
website http://galmuri.co.kr e-mail galmuri@galmuri.co.kr

ISBN 89-86114-89-5 04810 / 89-86114-58-5 (세트)

값 8,000원

★ 잘못 만들어진 책은 바꾸어 드립니다.

차례

제2부 어두운 터널을 우리들은 걸어왔다

제3부 기다림만큼 완벽한 것은 없다

서문

　　2006년 3월 9일 '비정규직 차별 철폐를 위한 문화예술인 1800인 선언'을 통해 우리는 KTX 여승무원들을 만났다. 그날 기자회견은 KTX 여승무원의 시낭송으로 시작됐다.

　　우리는 'KTX 여승무원…, 이 아이의 눈물을 닦아주자!' 릴레이 기고를 통해 비정규직 노동자들의 투쟁에 함께 했다.

　　5월 10일 우리는 한국철도공사의 KTX 여승무원 직접고용을 촉구하는 성명 'KTX 여승무원들의 꿈을 앗아가지 말라!'를 발표했다.

　　5월 15일 한국철도공사는 KTX 여승무원들을 정리해고했다.

　　6월 8일 'KTX 여승무원 정리해고 철회 및 직접고용 촉구 1500인 선언'에 우리는 참여했다.

　　그동안 기고된 글들과 KTX 여승무원들의 글을 엮어 펴낸다. 노동만화네트워크의 최정규와 도단이가 함께 했다. '도서출판 갈무리' 동지들이 궂은 일을 흔쾌히 맡았다.

　　문집을 펴내며 다시 한번 확인한다. 우리의 투쟁은 '오래 지속된다!'

2006년 7월
민족문학작가회의 자유실천위원회

제1부
스트라이크 다이어리

스트라이크
다이어리

한유림

잘 다녀와, KTX

과연
우리가 이렇게
가슴 아파 눈물 흘릴 줄
알고나 있었을까

와인 페스티벌
개통 2주년 기념행사
벚꽃열차

말로만 들어도 생각만 해도
눈물이 흐른다

따뜻한 봄을 맞아
아무것도 모르는,
우리 고객님들이

해맑은 표정으로 KTX에 오를 때
그 마음

아무런 거리낌 없이 우리의 사진을 찍고
우리의 KTX 앞에서 밝게 미소 짓고 셔터를 누른다

오전 7시 50분
동대구로 향하는 KTX의 승강문이 닫히고
정적이 흐르던 그 시간
우리는 조용히 울었고
KTX는 그렇게 우리들의 눈앞에서 소리 없이 미끄러져 갔다

잘 다녀와
다음에 꼭 같이 할게

2006년 4월 1일
만우절만큼이나 황당하고 어이없는
KTX 개통 2주년

KTX의 꿈은 '꿈의 속도'로 추락했다

윤선옥

행운! 사람들이 행운의 네잎클로버만을 찾으려 할 때, 나는 네잎클로버의 행운보다는 세잎클로버의 행복이 더 중요하다고 생각했다. 하지만 지금, 나에겐 네잎클로버의 행운이 절실히 필요하다.

2년 전 시속 3백 킬로미터 꿈의 고속철도 KTX 승무원이 됐던 날을 난 아직도 잊을 수 없다. 너무나도 하고 싶었던 승무원의 꿈을 이뤘다는 기쁨에 하루에도 몇 번씩 합격자 발표 란에 찍힌 내 주민번호를 보고 또 보며 행복해 했다.

쏟아지는 주변의 칭찬과 부러움, 그리고 언론의 스포트라이트에 나도 모르게 붕붕 떠있던 시간이었다.

고속철도 개통일인 2004년 4월 1일, 무언가 잘못 됐다는 것을 난 어렴풋하게나마 깨달았다. 승무원이 차를 타는데 가장 기본인 승무다이아(열차운행시간표)가 1일 자정이 넘어도 나오지 않았다. 과연 내가 무슨 차를 어떻게 타야 하는지 모르는 불안감에 밤새 잠들지 못하고 뜬 눈으로 전화기만 바라봤다.

이후에도 열차를 타는 시간이 늘어날수록 나의 기대와 꿈은 산산이 부서져 갔다. 그것은 마치 순식간에 정상으로 올라간 롤러코스터가 올라갈 때보다 더 빠르게 바닥을 향해 곤두박질치는 것 같았다. 꿈의 속도인 시속 3백 킬로미터로 말이다.

승무사업을 위탁 운영한다는 한국철도유통(구 홍익회)은 한 달이라는 견습기간에 승무원에게 주어야 할 견습비를 떼어갔으며, 초과근무수당과 상여금을 제대로 지급하지 않았다.

하지만 그때까지만 해도 나는 불만을 제기하려는 마음보다는 그저 승무원이 좋다는 생각뿐이었다. 고용불안 속에서 인생의 쓴맛과 단맛을 보고 있었지만, 처음 가졌던 KTX 승무원이라는 자부심이 컸기 때문이다. 그래서 나는 당시 한 번쯤 가졌어야 할 의문과 불안을 애써 감추며 생활했다.

'그래, 1기니까. KTX 여승무원이란 직종이 처음 생긴 거니까.' 나는 당시의 일을 사업 초창기에 있는 당연한 시행착오이겠거니 하고 생각했다.

1주일에 하루 있는 휴무가 어느새 10일에 하루, 보름에 하루로 바뀌어 갔다. 그렇게 제대로 쉬지 못하고 밤낮없이 열차를 타면서 승무원들의 몸 상태는 나날이 나빠졌다. 동료 대부분이 병과 싸워야만 했다.

나빠지는 몸 상태와 달리 열차 내 업무는 하루하루 가중되었다. PDA 하나 달랑 주고서는 바로 다음날부터 PDA를 들고 검표를 하게 한 후 수익금을 내라며 압박을 했다. 계산법을 배우지 않았는데도 착오가 있으면 차액을 승무원 개인에게 변상하도록 했다.

어느 날엔 비닐장갑 하나 없이 맨손으로 화장실 청소를 하라는 상부 지시가 내려왔다. 부정 승차객을 상대로 벌어오는 차내 수익금이 적은 날에는 일을 못하는 승무원으로 눈총을 받아야 했다.

서울-광명처럼 중간 정차역의 시간 간격이 15분 정도로 짧을 때에는 15분 만에 140명의 특실고객에게 음료 서비스를 하고 필요한 고객에게 담요를 제공하고 수거하고 승객도 깨워야 하는 슈퍼승무원이 되어야 했다.

하지만 업무가 힘들다고, 월급이 적다고 불평한 적은 없었다. 갈수록 줄어드는 월급과 늘어나는 업무량에 불만과 피로는 쌓여갔지만 우리가 원한 것은 돈보다는 제대로 된 상부의 업무관리와 교육 아래 일하는 것이었다.

첫날 느낀 어렴풋한 불안감은 2005년 2월 모든 KTX 승무원에게 분명한 현실로 나타났다. 새로 입사한 후배 승무원들의 교육기간이 보름에서 일주일로 바뀌더니 퇴사한 승무원에게 반납 받은 헌 유니폼이 신입 승무원에게 지급되었다.

이런 온갖 부당함을 지적하는 승무원에게는 다음해 재계약을 빌미로 협박과 폭언이 쏟아졌다. 아파서 응급실로 실려 간 승무원에게는 내일 당장 차 탈 사람이 없으니 쓰러져도 열차에서 쓰러지라며 일하러 나오라고 했다. 더 이상 이건 아니라는 생각이 들었다.

2006년 2월은 정말 숨가쁘게 돌아갔다. 모든 KTX 여승무원의 조합원 총투표를 통해 90퍼센트가 넘는 압도적 가결로 총파업을 결의했다. 현장에서는 3월 1일 철도총파업에 대한 긴장감이 감돌았다.

2월 28일 전국철도노조 총파업 거점지로 이동할 때 하늘에선 무심하게 비가 내렸다. 그때까지만 해도 두려움보다는 일주일만 버티면 반드시 이길 수 있을 것이라는 희미한 기대감에 젖어 있었던 것 같다. 저녁 9시부터 진행된 전야제는 밤이 깊어 갈수록 절정으로 치달았고, 눈치 없이 내리는 차가운 겨울비에 얼어가는 몸과는 상관없이 이렇게 많은 사람이 한 자리에 한마음으로 모였으니 뜻을 이룰 수 있을 것이라는 확신으로 마음은 뜨거워져 갔다.

하지만 그 뒤의 시간은 차가운 시멘트바닥에서 올라오는 냉기에 온 몸이 꽁꽁 얼어붙고, 제대로 씻지 못하고 제대로 먹지 못하는 것이 얼마나 인간을 나약하게 만드는지 스스로 깨달아가는 1분 1초였다.

3월 1일 철도노조의 총파업은 처음으로 정규직과 비정규직 노동자가 함께 하는 투쟁이었고, KTX 여승무원 문제를 포함한 모든 요구안의 일괄타결을 놓고 끝까지 투쟁할 것을 결의했기에 뜻깊은 싸움이었다.

하지만 3월 4일 철도노조는 직권중재와 공권력 투입이라는 횡포에 현장으로 복귀하기로 결정했고 KTX 승무원들은 총회를 거쳐 독자적인 파업을 지속하기로 결정했다. 그리고 그날 밤, 서울 KTX 승무원들과 부산 KTX 승무원들이 힘 있는 파업투쟁을 위해 양평에 모였다.

난 아직도 양평행 버스를 타던 그 순간을 잊을 수 없다. 어떻게 될지 모르는 불안한 미래를 앞에 놓고 어두운 버스 안에 앉아 몇 시간이나 울었는지 눈조차 떠지지 않을 정도였다. 시시때때로 흔들리는 나를 세우며 견디던 게 한 달을 넘어 어느덧 백 일이 훌쩍 지났다. 내가 살고 있는 이 사회에 대한 뼈저린 인식은 분노와 배신감을 낳았고, 투쟁으로 표현됐다.

노동자의 인권과 노동권을 박탈하며 생사여탈권을 쥐고 저울질을 하는 상대가 철도공사만이 아니고 정부라는 것이 내게는 너무 큰 충격이었다. 국민을 보호하는 존재라고 당연히 믿고 살아왔던 경찰의 폭력에 몸과 마음의 상처를 얻고, 국민의 권리를 지켜준다던 법에 의해 유린당하며 평생 나랑 상관없을 것만 같았던 경찰서 유치장에서 밤을 지새우는 것… . 백 일 전에는 상상도 못하던 세상이 내 눈앞에 펼쳐졌다.

우리의 요구는 단순하다. 철도공사 직접 고용! 그것이 계약직이라도 좋으니 KTX 여승무원에 대한 실제 운영권한을 갖고 있는 철도공사 소속이 되어 고객의 안전과 서비스를 책임지겠다는 것이다.

하지만 철도공사는 KTX관광레저라는 제3의 회사에 우리를 또다시 위탁하려 하였다. 이미 5월 3일을 기점으로 승무사업을 부분적으로 개시했고, 5월 15일부로 레저로 복귀하지 않은 2백 80여 명의 승무원에게는 정리해고 통보를 보냈다. 그리고 5월 19일까지 이적 시한이라는 것을 주며 인심쓰듯 다시 한 번 우리를 우롱했다.

KTX관광레저로 가는 것이 무엇을 의미하는지 우리는 너무도 잘 알고 있다. 그것은 철도유통에서 받았던 고통보다 더한 고통을 또 겪게 되는 것이다.

KTX 여승무원 업무는 특성상 철도공사 정규직 열차팀장의 지시 하에 이뤄진다는 사실, 고속으로 움직이는 밀폐된 교통수단 안에서 수 시간 수 많은 정차역을 거치며 1천 명이 넘는 고객을 모시기 때문에 안전과 직결 된다는 사실 등 더 얼마나 많은 사실을 열거해야 철도공사가 그리고 정부 가 KTX 여승무원을 외주 위탁하겠다는 방침을 바꿀 것인가.

KTX관광레저는 승무원더러 열차 내에서 오로지 '서비스'만 하라고 한 단다. 다른 업무에는 권한조차 없다. 그렇다면 무엇을 하란 말인가? 열차 가 터널 중간에 섰을 때, 승강문이 열리지 않아 고객이 열차에서 내리지 못할 때, 열차가 고장이 나서 다른 열차로 바꿔 타야 할 때, 갑자기 응급 환자가 생겨 응급처치가 필요할 때… . 승무원은 그런 일을 담당할 책임 도 권한도 없으니 오로지 '서비스'만 하라니 고객의 안전은 누가 책임지며 그 '서비스'는 도대체 무엇이란 말인가.

철도공사는 'KTX 승무사업권'과 함께 'KTX 내 물품판매권'까지 한국철 도유통으로부터 KTX관광레저에 넘겼다. 결국 철도공사는 KTX 여승무원 더러 안전은 중요하지 않으니 열차 내 안전업무는 포기하고 대신 물건을 팔아 돈을 벌라고, KTX 여승무원과 노사관계 자체를 맺고 싶지 않으니 다른 회사로 가라고 강요하는 것이다.

우리는 백 일 가까운 시간 동안 끊임없이 철도공사 직접고용만을 요구 하며 싸워왔다. 이철 사장과의 면담을 요구하다가 남자 전투경찰의 방패 와 군홧발에 짓밟힌 3월 27일을 시작으로 4월 19일 국회 헌정기념관 농 성과 연행, 5월 12일 철도공사 서울지역본부 농성장 무력해산 후 연행, 5월 14일 강금실 선거캠프 내 평화 농성 승무원 강제연행까지 총 네 번의 공권력 투입과 세 번의 강제연행을 당했다.

80명을 해산시키기 위해 1천 명에 가까운 경찰이 동원됐고, 물대포와 수십 대의 전경차가 배치되었다. 비정규직 특위 대표는 구속되었고 주요 핵심간부 6명에게는 체포영장이, 13명의 지도부에게는 손해배상과 고소고발이, 2백 60명 전 승무원에게는 철도건물 10곳에 대한 출입금지 가처분 결정이 내려져 있다.

사용자의 불법행위를 '합법'적으로 해결하기 위해 온갖 노력을 다했지만 늘 사용자의 횡포 앞에 무력하게 무너졌고, 그렇기 때문에 결국 단체행동을 시작해 파업까지 왔다. 정부와 철도공사는 일상과 임금을 포기하고 고통을 감수하면서까지 부당함을 고쳐보려는 KTX 여승무원의 피땀어린 노력을 '불법'이라 칭하며 온갖 '합법'적 탄압을 자행하고 있는 것이다.

지금 나에게 필요한 것은 행운의 네잎클로버다. 그것은 옳은 것을 옳다고 이야기하는 소신이 전달되는 행운이 찾아와주기를 기원하는 바람이다. 오랜 농성으로 약해진 몸을 이끌고 단식을 하며 투쟁하는 동지들이 버티기도 했다. 정부와 철도공사의 호도와 매도로 더욱 차가워진 시선에 맞서 우리는 온몸으로 싸우고 있는 것이다.

난 더 이상 정의가 이긴다는 순진한 생각은 하지 않는다. 내가 정당한 길을 가겠다고 결심했으니까, 그 신념 하나로 싸우는 것이다. 신념을 지키기 위해서는 힘이 필요하다. 그 어떤 것에도 굴하지 않는 강한 힘, 희망의 힘, 끈질기게 투쟁하는 동지들을 위해, 난 네잎클로버를 찾는 그 간절함으로 오늘도 희망을 찾는다.

KTX 승무원 파이팅!

박경미

강금실 시장후보 캠프 농성 9일째.

보통 7시에 일어났는데 6시부터 부산을 떨었다. 빨리 짐 정리하고, 준비하라고 했다. 불안이 엄습해왔다.

밖을 보니 날은 밝았고 전경이 아래층에 매트리스를 깔고 있는 게 눈에 들어왔다.

'그래, 어제 그렇게 피를 말리더니 이제 녹초가 된 우리를 연행해 가려고?'

재빨리 침낭을 개고 얼굴을 씻고 짐을 정리하는 데 30분. 서두르라고, 전경이 밑에까지 와 있다고, 여경의 움직임이 예사롭지 않다고 했다. 하지만 어제보다 떨리는 건 없었다.

'이제 올 게 왔구나! 하지만 좀 더 버텨야 하는데, 어쩌지, 어쩌지…'

모든 준비를 마치기도 전에 빨리 문을 잠그라는 외침이 들렸다.

그리고 빨리 앉아 스크럼을 짜라고…. 유리문 밖으로 여경의 얼굴이 보였다. 동물원의 동물들을 보듯 바깥에서 위로 빤히 쳐다보는 것이 보였다.

'이 사람들이… 아무튼 들어오기만 하면 가만 안 둘 테다!'

모레 대통령이 귀국하니 어쨌든 오늘은 무조건 거사를 치를 폼이다. 여경이 올라오고 몇 분도 채 안 되어 전경들이 한쪽 문으로 들이닥쳤다. 얼마 전만 해도 10분 전에 사전통보를 한다더니 이건 무슨 경우!

먼저 전경들이 국장님, 부장님을 끌어내 갔다. 뒤이어 무섭게 전경들이 우리 사방을 둘러 싸더니, 여경이 앞쪽 양옆으로 몰려왔다.

'아무튼 나한테 오면 가만히 안 둘 거다. 너 죽고 나 죽고… 꼭두새벽부터 들이닥치다니… .'

모두 열심히 발길질을 했다. 하지만 스크럼을 짠 상태로 그 많은 전경과 너댓 명씩 떼어내려고 달라붙는 여경을 당해낼 수 없었다.

비명소리, 우는 소리, 여경들의 달래는 소리…. 아수라장이 따로 없었다. 절대 울지 않을 거라 다짐하며 입술을 깨물었다.

정의롭게 살겠다고 울부짖어도 집단이기주의다, 돈 많이 받아 처먹으려고 한다, 거저 공사 정규직 얻어내려 한다는 차가운 시선만이 우릴 짓눌렀다. 그 멸시가 억울해 내발로 못 나가니 끌어내려면 얼마든지 끌어내 보라고 있는 힘껏 저항했다.

개 끌어내듯 나를 잡아끄는 여경과 몸싸움을 했다. 하지만 억울했다. 억울해서 미치겠다. 난 포기하는 게 싫었다.

하지만 우리 동지들이 하나둘씩 눈물이 범벅이 된 채 끌려가는 게 보였다. 유치장에 같이 가야 한다. 선배들과 헤어질 수 없다. 위로해 드려야 한다. 포기하고 내 발로 나가겠다고 놓으라고 했다. 두 명이 나를 양팔로 잡고 연행해갔다. 가면서 헐떡이며 미란다원칙을 말한다.

나도 헐떡이며 "너도 지쳤고 나도 지쳤으니 듣기 싫어!"라고 했다.

바깥쪽도 시끌벅적했다. 연행해 간다는 소리를 듣고 어제 밤을 새웠던 동기, 선배, 우리 동지들이 이 새벽에 부랴부랴 온 것이다. 가슴이 메어왔다. 끝까지 캠프를 지키지 못해 동지들에게 너무 미안했다. 나중에 안 사실이지만 미선선배님이 전경과 맞서다 2미터 담장에서 밑으로 떨어지셨다고 한다. 오, 하느님! 역시 약자는 항상 매도당하고 민주주의 경찰들도 우리를 개보다 못하게 취급하고, 머리가 빙글빙글 돈다. 선배가 울고 있었다. 동기도 울고 있었다.

9일 만에 맡는 바깥 공기를 이 칙칙하고 습한 닭장차 안에서 맡다니! 그리고 날씨는 또 왜 이리 좋은지… .

연행해 갈 때는 온갖 좋은 말로 지껄이더니 카메라가 없는 닭장차로 가니 본색이 나왔다.

'내가 잘못한 게 뭐야! 우리가 잘못한 게 뭐야!'

이렇게 하지 않으면 또 쉬지도 못하고, 연차도 제대로 못 쓰고 헌 제복에, 고객 안전관리교육도 사인 하나로 끝내고, 이름표도 내 돈으로 사고, 내가 계산 잘해서 열차 안 수입금이 올라가면 열차팀장 인센티브가 올라가고, 내가 계산을 잘못하면 내 돈으로 물어내고, 욕은 욕대로 먹고 뼈 빠지게 일해 봤자 인센티브도 집회한다며 안 주고 월급조차 이 핑계 저 핑계로 떼이기 일쑤고… .

철도공사에서는 열차팀장은 상사가 아니라 상호 돕는 관계라며 불법파견을 반박했다. 그리고 우리 업무인 특실서비스조차 요금에 2백 원밖에 포함되어 있지 않다고 떠들어 대고 있다. 서비스카트에 부딪쳐 무릎이 까지고 피멍이 들고 손님이 많은 날은 제정신이 아닌데, 고작 2백 원이라고!

경찰서로 연행돼 가면서 별별 생각이 다 들었다. 한 닭장차에 16명씩 타고 있었는데, 강동경찰서에 도착하니 8명만 내리란다. 부산 선배들 8명이 내리자 다시 차는 출발했다.

우리는 송파역 근처 송파경찰서에 연행돼 갔다.

3층 사무실로 들어가라고 했다.

하지만 분위기는 사뭇 달랐다. 친절하시기까지… . 우리가 정부를 상대로 싸우고 있지만 국회든, 총리실이든, 인권위원회든 정부기관, 경찰서도 정부기관이긴 하지만, 다 우리를 냉대하며 아예 받아주지도 않았다. 항상 우리가 가는 곳엔 닭장차가 즐비했고 전경 동생들이 반기고(?) 있었다. 6시 50분 작전개시로 1시간도 안 되어 종결되어 밥을 먹지 못했다. 형사들이 밥 먹었냐고 물어, 안 먹었다고 했더니 구내식당으로 데려가 밥을 사줬다.

'밥다운 밥이 얼마만이냐!'

맛나게 잘도 먹었다. 화장실 갈 때 여경이 따라붙는 거 외엔 우리를 닭장차를 타고 온 사람으로 대하지 않으셨다.

형사님 앞에 앉아서 눈길을 피하며 묵비권을 백 번이나 외치고 있었다. 얼굴도 제대로 못 쳐다보며 애꿎은 손만 원을 그리며.

그러는 내 마음을 읽으셨나보다. 아무것도 묻지 않으시고, 가장 기본적인 것만 물으셨다. 20분도 채 안 되서 조사가 끝났다. 편히 쉬라고 커피도 타 주셨다. 눈물이 핑 돌았다. 함께 온 선배들은 아직 조사 중이었다. 점심을 먹고 다이어리를 쓰는 것 외에는 마땅히 할 일도 없었다. 나는 형사님께 여쭈어 봤다.

"형사님, 왜 제게 꼬치꼬치 묻지 않으세요? 혹시 혼나지 않으세요?"

"여승무원들의 정당성은 알고 있다. 그래서 이렇게 웃으며 하는 것이고, 다른 악질 현행범이었으면 웃으면서 안하지. 밥도 사줄 필요도 없고. 연행됐지만 언론도 많이 타고 반은 성공한 것이다. 내가 알아내려면 다 알아낼 수 있다. 간부가 누구인지. 하지만 경미씨한테 그걸 묻는다면 동기를 죽이는 꼴이 되는데, 그런 거 말할 사람으로도 안 보이고 굳이 할 필요도 없지."

형사님의 의외의 대답에 연행될 때까지도 울지 않고 버텼던 나의 두 눈에서 눈물이 흘러 내렸다.

형사님은 지극히 개인적인 질문, '뭘 전공했느냐?' 등등만 물어오셨다. 일본어 전공했다고 했더니 몇 마디 귓등으로 배우셨다는 일본어로 나를 웃게 해주셨다. 감사했다. 핸섬한 형사님께 홀딱 빠져버렸다. 얼핏 들으니 나의 형사님이 제일 무서운 분이라고 했다. 에구! 아래층으로 변호사님 접견이 있어 내려갔는데, 연행됐다고 걱정이 되어 멀리까지 와준 주영이,

선희, 채리언니, 정윤이가 있었다. 나를 보자 울어버리는 주영이에게 걱정 말라고, 캠프 지키지 못해 미안하다고 했다.

진술이 다 끝나고 구금됐다. 원래 모든 수감자는 끈이 있는 건 다 잘라 버리고 여자는 안에 입는 위 속옷까지 벗겨버린다고 한다. 하지만 우리는 빠르면 오늘밤 늦게라도 풀려날 수 있다고 해서 간단한 몸조사만 받고 구금됐다. 눈물이 핑 돌았다.

'내가 뭘 잘못했을까. 이젠 어쩌지?'

주일이라 개과천선을 위해 어느 교회에서 예배를 왔다고 나와서 예배를 드리자고 재촉한다. 거절하고 누워서 자버렸다. 세상이 원망스러웠다.

내 행색이, 내 처지가 가여웠다. 자유를 잃었다. 기본적인 인권조차 침해당했다. 화장실조차 내가 오줌을 누는지, 똥을 싸는지 다 보였다. 결국 우리는 서로 번갈아가며 오줌을 눌 때는 커다란 담요로 막아 보이지 않게 했다.

계속 오는 면회, 반가운 얼굴들….

그리고 4시간 후 경관님 입에서 세상에서 가장 반가운 말이 나왔다. 짐 꾸리고 나갈 준비하라고. 우리는 일제히 환호를 질렀다. 만세! 서로를 부둥켜 안았다. 우리를 48시간 동안 구금할 수 있기 때문에 내일이나 나갈 줄 알았는데!

위층으로 가서 형사님께 훈계를 듣고 나왔다. 나의 형사님은 안 계셨다. 그래서 '인사도 못 드리고 갑니다. 감사합니다.' 라고 쪽지를 쓰고 나왔다. 택시 안에서 왜 그렇게 서럽고 억울하던지….

먼저 동기한테 나간다고 걱정 말라는 메시지를 보냈다. 눈물이 한동안 멈추지 않았다.

엄마한테 그제야 연락했다. 아무 일 없었다고. 엄마는 말을 잇지 못하셨다. "네가 나쁜 일로 잡혀갔던 게 아니니까 힘내."라고 하셨다.

창밖 야경이 너무 예뻤다. 이렇게 사소한 아름다움을 이 핑계 저 핑계로 잊고 살았다.

왜 그렇게 아둥바둥 살았을까, 뭣 때문에. 정당하게 말하고서도 내 말 하나 귀담아 들어주는 사람 없는 세상에서.

형사님도 내게 물으셨다. "집회가 불법인 거 알고 있었죠?" 처음엔 법조인이 아니라 잘 몰랐다고 했지만 나중엔 어쩔 수 없는 일이었다고 말했다. 그래, 내겐 정말 어쩔 수 없는 일이었다. 살기 위해서는 앞으로도 힘든 일이 많을 텐데 애써 부인하거나 외면하지 않을 테다.

지금까지처럼 부딪쳐 이겨낼 거다. 막막한 사막에서도 꿋꿋이 살아남는 선인장처럼.

KTX 승무원 파이팅!

신랑은 천리행군, 신부는 파업농성

한아름

파업기간 동안 나는 내 인생에 있어서 가장 중요한 일을 치렀다.

결혼.

신혼의 단꿈도 잠시, 남편은 한 달 동안 천리행군 훈련을 갔고, 나는 다시 사랑하는 동지들의 곁으로 돌아왔다. 공수부대에서 근무하는 군인인 내 남편. 천리행군을 앞두고 강하(낙하)를 하다가 발목을 다쳤고, 그 전부터 파업을 마뜩찮아 하시던 시어머니의 반대에 부딪치게 되었다. 그래서 어머님과 약속을 하기에 이르렀다. 신랑 훈련 전까지만 돌봐주고 훈련 간 이후에는 파업현장으로 돌아가기로.

그런데 늘 밤잠이 잘 오지 않았다. 파업현장에 있는 동지들이 생각났다. 꿈을 꾸면 한 동지가 나타나 나를 마구 책망하고, 나는 미안한 마음에 꿈속에서도 고개를 들 수가 없었다. 남편에게는 미안한 이야기이지만, 하루 빨리 남편이 훈련을 떠나면 마음 놓고 파업현장에 돌아갈 수 있다는 생각에 훈련날짜를 기다리기도 했다. 다친 다리로 하루에 열네 시간 넘게 행군해야 하는 남편이 안쓰럽기는 했지만, 내 마음의 반은 파업현장에 와 있었던 것 같다. 지금은 오히려 마음이 편안하다. 내 곁을 지켜주는 든든

한 동지들이 있고 부당함을 함께 외쳐주는 자랑스런 친구들이 있으니 말이다.

파업현장으로 들어오기 바로 전날에는 잠이 오질 않아 뜬눈으로 밤을 새웠다. 오만 가지 생각이 머리를 스쳐지나갔다. 우리가 정당하다는 것은 알지만, 과연 우리의 투쟁이 승리할까? 생각에 생각을 거듭하다보니 어느새 동이 터오고 있었다. 그리고 파업현장으로 돌아와서 동지들의 모습을 보았다. 가장 예쁘고 아름다워야 할 20대에 목청이 터져라 외치고 소리 지르고 울고, 10일이 넘는 단식투쟁으로 쓰러져 병원으로 후송되던 동지들의 모습.

그러나 그 모습은 세상 어느 누구보다도 아름다웠다. 너무 아름다워서 눈물이 났다. 나는 우리가 역사를 만들어가고 있다는 사실이 자랑스럽다.

오늘 서울역에서 일천만 명 서명운동을 벌이면서, 너무나 많은 시민들이 우리를 응원해 주고 있다는 사실을 깨달았다. 투쟁 VTR을 보면서 눈

물을 흘리는 나에게 함께 눈물을 글썽이며 휴지를 건네던 한 시민, 목이 터져라 외치고 있는데 쪼르르 뛰어와서 "힘내세요"라고 속삭여주던 여자 아이, 음료를 마시라고 몰래 놓아두고 가신 시민, 우리 승무원 전체를 고용하시겠다며 명함을 내미시던 노신사분….

우리의 싸움은 우리들만의 싸움이 아니라는 것을 오늘 더욱더 절실히 깨달을 수 있었다.

가장 억울한 해고를 당한 가장 행복한 생일

김민정

이른 아침부터 울리는 벨소리에 잠을 깼다. 얼굴 본 지 3개월이나 된 아빠 전화였다.

휴대폰을 받자마자 아빠 생일축하 노래를 불러 주셨다. 오늘은 내 스물여섯 번째 생일이다. 엄마 목소리를 듣자마자 겨우 참았던 눈물이 흘러내렸다. 미역국 끓여주지 못해 미안하다는 엄마 말에… 오히려 죄송한 건 난데… 세 달 가까이 파업한다고 집에도 못 내려가고, 아빠 생신, 어버이날에도 전화 한통이 고작이었다. 그리고 오늘은 내 생일이기도 하지만 우리 KTX 승무원 전원이 해고되는 날이기도 하다.

2년 전, 대학교 4학년 겨울방학 때 높은 경쟁률을 뚫고 KTX 승무원 1기 공채에 합격하고 온 가족, 친척, 동네사람들의 축하와 부러움 속에 자부심을 느끼며 입사했었다. 2년 뒤 내 생일에 해고될 거라고는 그땐 정말 상상도 못했었다. 입사할 때, 1년 뒤 철도공사가 출범할 때 공사 정규직 시켜주겠다고, 준공무원의 대우를 해 주겠다던 그 말에 속아서 정말 열심히 일했었는데, 결국 이렇게 소모품이 되어버린 것이다.

아침밥으로 어제 남은 찬 도시락을 먹으면서 엄마 말이 떠올라 다시 눈물을 삼켰다. 친구들은 미역국 끓여주지 못해 미안하다며 위로했다. 밥을 먹고 오늘도 여전히 서울역 농성장에 가서 집회를 하며 농성장을 지켰다. 서울역을 오가다 '잘렸으면 집에나 가'라는 복귀자의 말에 또 한 번 상처를 받았다. 2년간 같이 일했으니 우리의 심정을 누구보다도 더 잘 알 텐데, 우리 가슴에 못을 박는 복귀자가 미웠다. KTX가 개통하면서 같이 고생했고 회사의 부당함에 가슴 아파하고 서러워했던 내 동료였는데, 그 부당함을 알면서도 무릎 꿇은 동료가 너무 안타깝다.

저녁이 되어 용산에 위치한 숙소로 돌아왔다. 우리 조가 쓰는 방은 사무실에 책상과 의자를 치우고 자리를 잡아 넓은 방처럼 꾸민 곳이다. 조원 전체가 연행되었다가 풀려나 그나마 깨끗한 방으로 준 것이다. 그래도 가끔 여기저기서 기어나오는 바퀴벌레와 바닥에서 올라오는 찬 기운이 더 집 생각이 나게 한다. 저녁밥을 먹고 쉬고 있는데 고향에서 제일 친한

친구한테서 전화가 왔다. 부모님한테 하지 못하는 이런저런 얘기도 하며 속마음도 털어놓고 힘든 거 투정부려 보기도 하며 얘기하는데 서러움에 또 눈물이 났다. 침낭을 뒤집어 쓰고 충혈된 눈을 가라앉히고 있는데 친구가 마당으로 나와 보라고 했다. 깜깜한 마당 중간에 초가 가득 꽂힌 생크림케익을 들고 친구들이 생일축하 노래를 부르고 있었다. 나는 토끼눈이 되도록 맘껏 울어버렸다. 너무나 소중한 친구들이 있어 울면서도 입가에 웃음이 떠나지 않았다.

나는 오늘 세상에서 가장 행복한 생일을 맞았고, 가장 억울한 해고를 당했다. 하지만 생일날 해고를 당해서 슬픈 게 아니라 해고되는 날이 생일이었기 때문에 파업의 슬픔을 잊을 수 있었고 즐거울 수 있었다.

파업을 하면서 부모님의 사랑과 친구들의 소중함을 더 많이 느끼게 되었다.

"모두 모두 사랑합니다!"

아빠 엄마, 사랑합니다

― 어버이날을 맞아 너무 사랑하고 보고 싶은 부모님께

이민정

오늘도 못난 딸 걱정하느라 잠이나 제대로 주무셨는지 모르겠네요.

처음 파업을 해야 할 것 같다고 전화 드렸을 때는 안 하면 안 되겠냐며 저를 타이르셨지요. 그래도 늘 저를 믿어주시며 제가 선택한 길을 지지해 주셨기에, 이번에도 가서 몸 건강히 잘 하고 오라는 말씀만으로 걱정하시는 맘 애써 숨기시며 전화를 끊으셨던 것 잘 알고 있습니다.

그렇게 시작된 파업이 어느덧 두 달을 넘어서고 있습니다. 이젠 오히려 걱정보다 이왕 시작한 거니 이길 때까지 해보라는 부모님의 말씀에 힘이 납니다. 가끔 이길 수 있을까 하는 걱정이 앞설 때마다 부모님의 응원을 떠올리며 약해진 마음을 다시 다잡아 보곤 합니다.

함께 파업하고 있는 다른 승무원들 중 부모님의 성화에 못 이겨 전화기를 붙들고 울기도 하고, 결국에는 동료들을 버리고 농성장을 떠나는 걸 볼 때면 저를 믿어 주시는 부모님께 더 없이 감사드리게 됩니다.

2004년 KTX 개통과 함께 자랑스런 1기 KTX 승무원이 되었을 때에는 입에 침이 마르도록 주위 분들께 제 자랑을 하셨지요. 그땐 제 자신보다 부모님께서 좋아하시는 모습에 더 힘이 나고 이 일에 만족하게 되었습니다. 그래서 자부심을 가지고 그 누구보다 정말 열심히 일했는지도 모르겠습니다.

그런데 지금은 파업을 한다고 집을 나선 지 두 달이 넘었습니다. 안 그래도 딸의 타향살이에 걱정이 많으셨던 부모님께서 잠 못 이루시며 걱정하실 생각을 하면 마음이 아픕니다. 제게 전화하셔서 힘내라고 응원을 해 주시는 부모님이지만, 언니를 통해 제 걱정하시며 한숨이 느셨다는 얘기를 들을 때면 저 또한 저보다 제 걱정하실 부모님 걱정이 앞섭니다.

하지만 너무 걱정하지 마세요. 늘 정직하게 살라고 하셨지요. 그리고 정의는 승리한다 하셨습니다. 가끔 내가 지금 하고 있는 것이 옳은 것인가 하는 생각을 여러 번 하게 되지만 그럴 때마다 정답은 '옳다' 입니다. 그렇기에 반드시 이기리라 믿습니다.

조금만 기다리시면 꼭 이겨서 웃는 얼굴로 가겠습니다.

엄마가 끓여주시던 맛난 김치찌개와 따뜻한 밥이 너무나 그립습니다. 이겨서 집으로 돌아가는 날 부모님과 함께 먹고 싶습니다.

편찮으셔서 걷기도 힘드신 아빠 모습이 생각날 때면 마음이 아픕니다. 이젠 제 걱정 마시고 건강 조심하세요.

아빠 엄마, 사랑합니다.

2006년 5월 7일

못난 둘째 딸 올림

유치장에서의 하룻밤

오미선

국회 헌정기념관에서 동지들의 팔을 끼고 손에 깍지를 끼고 노래를 부를 때 경찰에 잡혀가면 어떻게 될지 아무 생각도 나지 않았다. 하나 둘 조합원들이 잡혀가고 마지막 맨 앞줄에 있던 나를 경찰들이 잡아서 닭장차에 데려갔다.

쇠창살로 유리를 가리고 안을 볼 수 없는 닭장차. 무심결에 지나치곤 하던 닭장차에 내가 걸려든 것이다.

연행되면서 계속 전화가 왔다. 걱정해서 해주는 전화였지만 모든 것이 귀찮기만 했다. 투쟁의 순간들을 생각하면 나를 지탱해주던 모든 힘들이 썰물처럼 빠져나가는 기분이었다.

경찰서에서의 하루는 참 길었다. 그러나 우리는 운이 좋은 점도 있었다. 강남서로 함께 잡혀간 조합원들은 서로를 다독거려주었다. 힘내라는 말은 간부인 나에게도 큰 힘이 되었다. 다른 경찰서로 간 조합원들이 잘못되지 않을까. 이번 일로 혹시 전체 투쟁에 나쁜 영향을 미치지는 않을까 걱정이 됐다. 그렇지만 난생 처음 잡혀온 경찰서. 과연 어떤 일이 일어날까 하는 공포가 가장 컸다.

　조사가 시작되면서 나를 조사하는 형사의 말에 난 너무 서러웠다. '빨간 줄이 간다, 너는 죄가 커서 벌금으로 안 된다'고 했다. '네가 착하니까 앞장서지 말라'는 친절한 말을 하면서도 '대대손손 기록에 남으니까 절대 공무원 시험을 볼 수 없다'고 했다. 그리고 명함까지 건네주며 경찰시험을 보면 도와준다고까지 한다.

　형사의 말을 지금 돌이켜보면 내가 너무 수동적이지 않았나 후회도 된다. 그들은 수갑까지 채우고 모멸감을 느끼게 하다가 민주노총 법률원에서 찾아와 이의를 제기하자 수갑을 풀어주었다. 그리고 연좌제가 폐지되었는데 대대손손 뭐 어쩌고저쩌고 한 것은 무엇이고 경찰시험을 보면 도와주겠다고? 어떻게 도와 줄 건데. 사과상자로, 아니면 답안지 슬쩍 해서, 경찰아저씨, 가서 까마귀 보고 친구하자고 하시지요.

　경찰은 나에게 약도 주고 병도 주면서 조사를 수월히 하기 위하여 별의

별 달콤한 수사를 동원한 것 같다. 짧은 하룻밤에 세상의 많은 것을 알게 되었다.

유치장에 들어온 사람들의 모습을 보면서 법이 죄를 만든다는 것도 알았다. 우리야 날만 새면 풀려날 것이지만 기약 없이 세월을 기다리며 구치소로 이감되어야 하는 그들을 본다. 투쟁을 한 내가 그들보다 더 당당할 수 있다. 나는 경찰서에 온 이유를 말할 수 있는 논리적 근거를 가지고 있어서이다.

농성장으로 돌아와 조합원들에게 환영을 받고 집에 갈 수 있었다. 부모님께는 걱정하실까봐 자세한 이야기를 못해 드렸다. 친구들에게는 이야기하면서 부모님에게 말을 못하는 것이 지금의 어쩔 수 없는 상황인가보다.

경험이 세상을 변화시키고 체험만큼 값진 교훈이 없다고 한다. 세월이 가면 그때 그 시절 함께 했던 동지들과 재잘거리며 할 이야기들을 산더미처럼 쌓아놓고 있다.

그래서인지 경찰서에서의 하루를 추억하는 지금 기분이 나쁘지만은 않다.

하늘은 여전히 비를 머금고 있습니다

— 한명숙 총리님께 올리는 편지

정지선

새벽부터 비가 천막을 내리쳤습니다. 비는 그쳤지만 하늘은 여전히 비를 머금고 울컥이고 있었습니다. 파업농성 50일째인 4월 19일 우리는 국회 헌정기념관에서 열린 민주노동당 주최 비정규직 관련 토론회를 마치고 '국무총리 내정자'인 의원님께 면담을 요청했습니다. 의원님이 여성민우회 출신이고 여성노동자의 압도적인 지지가 있었으며, 개인적으로 KTX 승무원 문제에 대해 해결의지를 보이셨다고 해서 한편으로 무례할 수도 있지만, 다음날 새로운 자회사인 KTX관광레저의 신규승무원 합격자 발표와 24일 승무사업개시라는 일사천리의 계획 앞에 더 이상은 지체할 수가 없었습니다.

국무총리실 노동사회수석 비서관이 와서는 철도공사가 합리적인 안을 내놓았는데 왜 승무원들이 그걸 받지 않고 이러고 있는지 이해가 가지 않는다면서, 대우자동차 파업 때도 3백 명만 정리해고 하자고 했는데 그걸 받아들이지 않은 노조집행부 때문에 1천 7백여 명이 해고돼서 죽은 사람이 한둘이 아니라고 말했습니다. 국무총리실의 노동사회수석이라는 분이 우리가 왜 이렇게 싸우고 있는지에 대해서 알지도 못하면서 양보, 잘못된 집행부 운운 하는지 이해가 되지 않았습니다. KTX관광레저가 감사원에서 지분매각하려는 부실 자회사라는 것도 무시할 수 없는 이유이긴 하나, 근본적인 원인은, 문제를 일으키는 장본인은 있지만 그 문제를 법적으로 책임질 수 있는 당사자가 없는 위탁방침 자체가 잘못되었기 때문에 우리는 철도공사의 직접고용을 주장하고 있고, 말 잘 듣고 고분고분하지 않으면 아무 때나 해고해 버리겠다고 하는 일들이 발생하지 않게 하기 위해서 우리는 정규직을, 그래서 공사의 직접고용 정규직을 요구하고 있는 것입니다. 이런 얘기를 한참을 하니 노동사회수석님의 자세도 조금은 숙연해지는 듯 느껴졌습니다. 그리고는 정중히 좀 전에 자신이 한 얘기는 잘 몰라서 한 것이니 취소하겠고, 자세한 얘기를 좀 들어봤으면 좋겠다고 말씀하셨습니다. 철도노조를 통해서 초기에 들었던 내용밖에 몰랐고 그 이후

에는 '우리 소관'이 아니기 때문에 관심을 갖지 못했다고 말했습니다. 소관이 아니라고요? 노동사회수석의 소관이 아니라고요?

노동자의 문제가 소관이 아니라는 노동사회수석님께서는 당장 면담을 잡기는 어려우니 자신과 다시 한 번 만나고 다시 면담을 잡아보자고 했습니다.

한명숙 의원님! 여성노동자의 차별 문제에 누구보다 애쓰고 계시다는 것을 알기에 총리로 임명되신 걸 그 누구보다 진심으로 축하드립니다. 하지만 지금 이 나라에서 노동자가, 특히 힘이 약한 여성노동자로서는 총리님을 비롯한 저희 노동자의 문제를 같이 풀어주실 분들을 만나기란 쉬운 일이 아니라는 것을 알아주시길 바랍니다. 저희 20대, 여리고 여린 승무원들이 경찰에 연행되는 것까지 각오하고 국회까지 들어오기란 정말 무서운 일이었습니다. 그러나 과연 아무것도 모르는 여성노동자들이 왜 자꾸 투사처럼 변해 가는지, 이런 투사를 양산하는 장본인이 과연 누구인지에 대해서 다시 한 번 생각해봐 주시기 바랍니다. 총리로 임명되시면서 바로 이런 어려운 문제를 안겨드려 죄송하기 그지없지만 제발 이 나라의 총리로서 저희를 외면하지 말아 주십시오. 간절히 부탁드립니다.

2006년 4월 20일
한명숙 총리님 면담을 요구하다 경찰서로 연행된 80여 명을
면회하러 떠나며 KTX열차승무지부 대변인 올림

주인공만 쏙 빠진 생일

— KTX를 눈물로 떠나보내며

양혜영

오늘은 2006년 4월 1일, KTX가 개통한 지 꼭 2년이 되는 아주 특별한 날입니다. 하지만 한 달째 힘겹게 투쟁을 하고 있는 저희 승무원들에게는 오늘이 주인공만 쏙 빠진 생일인 것 같아 서글프고 씁쓸한 마음마저 듭니다. 무럭무럭 자라 이제 갓 두 살이 된 KTX와 함께 축하받고 싶지만 지금 처한 우리의 현실은 정든 KTX를 그저 물끄러미 바라볼 수밖에 없습니다.

오전 7시 50분에 개통 2주년 기념으로 KTX 벚꽃 특별열차가 운행된다는 소식을 듣고 다른 날보다 일찍 일어나 서울역으로 갔습니다. KTX의 주인공인 승무원들은 차가운 바닥에서 한 달째 파업 중인데도 마치 아무 일 없다는 듯 축제를 여는 철도공사의 실체를 고객들께 알려드리고 싶었습니다. 우리들 가슴의 상처는 점점 커져만 가고 KTX의 속은 썩어만 가는데, 철도공사는 화려하게 벚꽃으로 KTX를 포장해서 고객들께 팔려고 합니다. 이게 진정으로 고객을 생각하고 기쁘게 하는 걸까요? 철도공사는 바보인 것 같습니다. 철이 없는 바보 말입니다. 정말 거의 한 달만에 가까이에서 KTX를 보니 너무 설레고 좋았습니다. 아마도 마음속으로는 많이 그리웠나 봅니다. 그동안은 애써 외면했지만 오늘은 KTX가 잘 있는지 제 눈으로 확인해 보고 싶었습니다. 괜히 객실에도 들어가 보고 만져도 봤습니다. 개표가 시작되자 고객들께서 하나 둘 계단을 내려오셨습니다. 그런데 저는 그 자리에 가만히 서 있기가 힘이 들었습니다. 당장이라도 뛰어가서 무거운 짐을 들고 계신 고객님의 짐을 들어드리고 싶었고, 좌석을 못 찾고 계시는 할머님의 손도 잡아드리고 싶었습니다. 그런데 왜 제가 이곳에서 이러고 있어야 하는지 왜 그래야만 하는지 너무 속상했고 이런 제가 싫었습니다. KTX의 모든 출입문이 굳게 닫히는 정적의 순간 기분이 참 묘했습니다. 본능적으로 이별의 순간임을 알게 된 순간 더 이상 KTX를 똑바로 쳐다볼 수가 없었습니다. 우리가 없어도 매일 KTX가 운행되고 있음을 알고 있었지만 막상 저희들만 남겨두고 KTX가 떠나는 순간에는 차마 볼 수 없어 결국엔 고개를 떨구고 말았습니다. 여기저기에서 눈시울

이 붉어진 동지들과 창을 사이에 두고 객실 안에 앉아 계시는 고객님을 마주한 채 KTX가 서서히 출발하기 시작했습니다. 눈물이 흘렀습니다. 펑펑 울면 웬지 KTX가 영영 돌아오지 않을 것 같아 이를 악물고 꾹 참았습니다. 영원한 이별이 아니라 꼭 다시 돌아올 것을 알기 때문에 힘겹지만 보내줬습니다. 언제 돌아올지는 모르지만 KTX에 당당하게 고객님을 태우고 떠날 수 있는 그날이 곧 돌아올 것이라며 스스로 마음을 다독였습니다. 하지만, 하지만 ….

스물여섯 번째 생일

정미정

익숙한 느낌으로 눈을 떴다. 아침부터 휴대폰 메시지며 부재중 전화가 눈에 들어온다.

"아가 생일 축하한다!", "한살 더 먹었구나~! 축하한다!", … 여기까지는 앞선 스물다섯 번의 생일 아침과 다른 것이 없다.

문득 정신을 차려보면 작은 강당에 옹기종기 모여 침낭 속에서 뒤척이는 동료들… 아니 이제는 동지라는 말이 더 익숙해진 가족과 같은 동지들이 현실로 다가온다.

두 달 전쯤, 농담 반 진담 반으로 "내 생일엔 우리 집에 가서 맛난 거 차려 놓고 파티하자!" 했었는데….

그래도 자취방에서 생일날 혼자 눈 뜨는 것보다 가족 같은 동지들 틈에서 사랑받는 게 또 하나의 선물이 아닐까 생각해 본다. 가장 큰 생일선물은 모두가 함께 웃는 우리 투쟁의 결과가 되었으면 좋겠지만…

본디부터 투쟁에 익숙하지 않던 우리들이라 팔뚝질하며 노동가를 부를 때 한동안은 서로 눈치만 보며 민망해 했었는데 지금은 결의에 찬 모습이 서로에게 익숙해졌다.

매일매일 발로 뛰어가며 우리의 사정을 알리고, 이 일이 지금 우리 KTX 승무원들에게만 국한된 것이 아님을 알리면서 내 스스로도 우리의 정당함을 뼛속 깊이 새기고 있다.

우리가 겪어보기 전에는 내가 속해 있는 이 사회에 우리와 같은 투쟁을 하는 이가 넘쳐난다는 사실을 몰랐다. 우리가 뭉쳐 외치기 시작하면, 좀 더 나은 사회를 만들 수 있을 것이란 기대가 생기면서 세상이 다르게 보이기 시작한다.

내가 가지고 있는 것이 얼마나 소중한가. 나 하나의 작은 목소리의 힘은 또 얼마나 큰가.

많은 의미를 가지고 있는 우리의 외침이 좀더 크게, 넓게 메아리쳤으면 좋겠다. 좋은 사회를 위해 한 걸음 나아갈 수 있도록….

스트라이크 다이어리

이도경

나는 한 해가 시작되면 늘 다이어리를 마련한다. 그 다이어리는 그 해 3월을 넘기지 못하고 그냥 내 방 책꽂이 구석에 처박힌다. 늘 그래왔다. 그러나 2006년의 다이어리 한 권은 어느새, 내 기록의 한계점인 3월을 넘겼고 4월을 지나 5월이 되자 깨끗했던 여느 해와는 달리, 여러 일들로 빼곡히 채워지고 기록되어 항상 내 손에서 맴돌고 있다. 그리고 6월인 지금은, 두 번째 다이어리를 작성해 나간 지 이미 오래다.

그만큼 무수한 일들이 나에게 일어났고 나의 친구이자 동료이자 동지인 KTX 승무원에게도 똑같이 일어났고 이 시점에도 계속 일어나고 있으며 앞으로 내 두 번째 다이어리마저도 백지 부분을 찾아보기 힘들게, 우리들에게 가해졌던 상처처럼 멍들어갈 것이라 조심스럽게 예상해 본다. '멍'이라고 표현하는 것이 맞는 건지는 잘 모르겠다. 허나 우리에겐 하나의 목표를 이루기 위해 서로를 믿고 의지하며 단결해서 이루려는 과정에서 '가슴 속 응어리'가 아직은 맺혀있다는 것이 사실일 것이다.

우리가 요구하는 것은 정말로 정당한 것이다. 단군 이래 최대의 국책사업이라고 대대적으로 홍보했던 철도공사, KTX 고속열차 사업의 시작에 우리 KTX 승무원 또한 크게 보도되었고 같은 KTX 내에서 공사 직소속 정규직인 열차팀장, 차량관리장, 기장님들과 서로 유기적인 협력관계로 책임감을 갖고 고객의 안전과 최상의 서비스에 만전을 기하기 위해서는 우리를 처음부터 공사가 직접고용 하는 것이 마땅했다. 그러나 우리만 유독 공사 자회사 소속 간접고용 비정규직으로 고용되어, KTX 개통 2년 만에 거리로 내몰리게 되었다.

처음 시작되는 사업, 여성뿐인 KTX 승무원의 외주 · 용역화는 공사 입장에서 쉬웠을 것이다. 그래서 우리는 철도 외주화 바람의 첫 희생양이 된 것이다. 어느 누가 지상의 스튜어디스라 불리던 우리들이 이렇게 처절하게 투쟁해야 될 것이라 짐작이나 했겠는가. 나조차 상상도 못했다. 외주라는 것이 도대체 무엇을 의미하는지에 대해 사회 초년생으로서 아무것도 모르고 그저 KTX 승무원으로 행복을 느끼며 일했고, 평범하게 살고

있었던 나는 한 달, 두 달, 1년, 2년을 보내며 우리가 철도의 꽃이 아닌 간접고용에 비정규직이라는 이중고 속에서 극심한 차별과 고용불안과 저임금에 시달릴 수밖에 없는 일개 하청노동자였다는 것을 차츰 알아가며 서서히 일어서기 시작했고 마침내는 2006년 3월 1일 철도노조 총파업과 함께 우리의 부조리한 현실을 세상에 알려 바꿀 수 있다는 확신과 신념을 가지고 지금까지 쉼 없이 내달려 왔다. 그러나 나의 옳고 바른 신념, 내 동지의 굳은 의지와 믿음만으로 이 모든 것이 하루아침에 이루어지지 않는 것임을 우리는 지금 철저하게 배우고 있다.

고난이 클수록 영광은 크다고 했던가? 길고 험난한 이 싸움이 내 다이어리 두 권이 다 메워지기 전에 끝나길 간절히 바라지만 그렇게 쉽게 끝날 싸움이었다면 애초에 시작할 필요도 없었을 것이고 '가슴 속 응어리'라는 서두에서의 표현이 부끄러웠을 것이다. 시일이 많이 걸려 피멍이 들어버린 가슴 속 응어리를 반드시 우리 손으로 시원히 풀어내며 이겨낼 것이고 쓰디쓴 어려움을 슬기롭게 극복하면 그 끝은 반드시 영화로운 빛으로 매듭지어질 것이라는 것을 우리는 알기에, 그래서 우리는 지금도 웃을 수 있다.

우리에게 강한 정신력과 끈기, 승부근성을 깨우치게 하려고, 현장으로 돌아와서 더욱 업무에 충실하게 일할 마음가짐과 승무원으로서의 자세를 갖게 하기 위해, 이철 철도공사 사장은 내부고객을 맞아들일 배려(?)를 미리 하고 있었던 것은 아닐까.

TO. 사랑하는 내 친구 쩡아

허윤지

우리가 못 본 지도 벌써 3개월이 훌쩍 넘어버렸네. 울 쩡아는 딜러로서의 생활이 익숙해지기 시작했겠구나. 일터로 향할 때의 그 뿌듯함과 설렘. 나도 2년 전 이 일을 시작했을 때 그러한 감정을 느꼈지. 평생이 지나도 잊지 못할 거야.

며칠 전 전화로 나에게 그만 두면 안 되냐고 물었지? 그런데 쩡아야, 그만 둘 수가 없다. 하루에 수천 번씩 그만 두고 싶다는 생각이 들긴 하지만 그만 둘 수가 없다. 길이 아닌데 갈 수는 없잖아.

파업을 하면서 이 파업 생활이 힘들어서 지치는 게 아니라 한때는 내가 너무나 사랑했던 동기들, 친구들이 길이 아닌 줄 알면서도 그런 유혹에 넘어가 길이 아닌 진흙탕 속으로 걸어가는 걸 보고 있는 게 힘들어서 지쳐가고 있어.

난 여기 남아있는 내 사랑하는 동기, 후배들이랑 끝까지 하고 싶다.

지금 생각해 보면 말야, 대학교 4학년 때 너랑 스터디 하면서 함께 승무원 준비했던 때가 가장 행복했던 것 같아. 같이 영어단어 외우고, 면접 준비하고, 우울할 때 광안리에 가서 비디오 촬영하며 우리 희망 외쳤던 그때… .

그때 우리 그랬잖아. 우리로 인해 행복을 느끼는 손님이 한 명이라도 있으면 우린 진정한 승무원이 된 거라고. 난 지난 2년 동안 진정한 승무원의 역할을 다한 걸까?

다시 일하고 싶다. 정말 KTX 타고 싶다.

그러기 위해서, 우리의 약속, 하늘에 대고 부끄럽지 않은 승무원이 되겠다는 약속을 위해서라도 난 꼭 이 전쟁에서 이겨야겠다.

사랑하는 내 친구 쩡아야, 조금만 기다려줘. 빨리 끝내고 승리해서 갈게. 이 파업이 끝나면 지금껏 못했던 많은 것들을 함께하자.

일 열심히 하고, 밥 잘 챙겨먹고, 잘 지내야 해. 친구야, 사랑해.

FROM. 찌야가

오늘은 애교 있는 예쁜 딸이 되어야겠다

이은주

엄마에게서 또 전화가 온다.

파업 시작하고 매일 한 통씩 오던 엄마의 전화.

"오늘은 뭐 특별한 소식이 없나?"

그 말에 나는 화를 낸다.

"뭐 특별한 소식 있으면 내가 전화하지, 나도 빨리 엄마한테 좋은 소식 알려주고 빨리 부산 가고 싶다. 맨날 그거 물어보는 것도 짜증난다. 집에 별일 없으면 전화하지 마라!"

"나는 또 걱정이 돼서… 그래, 스트레스 받지 말고 밥 잘 챙겨 먹고…."

"몰라!"

이런 식의 대화를 늘 하다 보니, 엄마도 마음이 많이 상하셨는지 요즘에는 이틀 내지 삼일에 한 번씩 전화가 온다. 그것도 조심스럽게 "사랑하는 딸…" 그러시면서….

엄마의 전화는 나에게 늘 부담이 된다.

사장은 무슨 말이 없나? 너희한테는 언제 얼굴을 보인다 하노? 너희는 계속 그러고 있나? 등등. 내가 알 수도, 대답할 수도 없는 질문들만, 아니,

나도 궁금해서 미치겠는 그런 질문들만 하셔서 통화를 마치고 나면 기분
이 좋지 않아 모든 의욕이 상실된다. 그래서 일부러 받지 않는 전화도 여
러 통 있었다. 하지만 엄마의 마음도 편하지는 않을 터….

매일 뉴스 채널을 틀어 놓으시고, 다른 일 하시면서도 귀는 TV 쪽으로
기울이시고, 지친 모습으로 퇴근하는 동생에게도 빨리 컴퓨터 켜서 무슨
소식이 없는지 보라고 말씀하신단다.

하루하루가 얼마나 길게 느껴지고 답답하실까? 철없이 화내는 딸에게
스트레스를 조금이라도 덜어주기 위해 아무 때나 전화도 못하시던 엄마
에게서 오랜만에 전화가 왔다.

“사랑하는 딸, 오늘은 목이 메이네….”

“왜? 무슨 일 있나?”

“너희가, 어리고 예쁜 너희가, 이제 단식까지 하면서 싸운다고 하니 목
이 메이고 엄마가 눈물이 나서 좀 울었다.”

난 엄마한테 단식 얘기는 하지 않았다. 늘 밥 잘 먹고 있다고 걱정 끼

쳐드리지 않으려고 했기 때문에, 어디 뉴스나 인터넷 기사를 보셨나 보다.

"어, 단식 … 지도부 두 명이 하고 있는데, 단식까지 하는데도 사장 얼굴은 볼 수가 없네."

"엄마는, 우리 딸은 절대로 단식은 안 했으면 좋겠다."

난 그 말에 또 화를 낸다.

"모든 엄마들이 다 자기 딸보고 하지 말라고 하지, 엄마도 참 … "

엄마의 뜻을 헤아리지 못하는 딸이 섭섭하셨던 모양인지 잠시 말이 없으시다.

"난 언제든지 니가 내려오고 싶을 때 내려오면 좋겠다. 진심이다. 마음이 다칠까봐, 세상이 만만치 않은데 니 마음 다칠까봐 그게 걱정이다."

"별 걱정을 다 하시네. 알았으니까 나중에 통화하자. 지금 바쁘다."

경상도 사람 특유의 무뚝뚝함으로 전화를 끊었다.

하지만 전화기를 손에 꼭 쥔 채 나도 목이 메이고 눈물이 맺혔다.

엄마의 진심이 정말 느껴졌다.

정말 걱정을 많이 하고 계시는구나.

나는 농성장에 있어서 어떠한 소식이든 빨리 접할 수 있지만, TV나 인터넷으로 내 얘기를 들을 수밖에 없는 엄마는 얼마나 걱정이 많으셨을까 생각하니, 이제껏 신경질적으로 전화 받았던 것이 너무 죄송해서 눈물이 났다.

오늘은 내가 먼저 전화를 걸어야겠다.

단식 농성하는 친구들도 아직 잘 있으니 걱정하지 마시라고, 나는 밥 잘 먹고 투쟁 열심히 하고 있다고, 사랑한다고….

오늘은 경상도 사람의 무뚝뚝함 대신 애교 있는 예쁜 딸이 되어야겠다.

제2부

어두운 터널을 우리들은 걸어왔다

어제는 지나가는 KTX 열차를 보고 눈물이 났다

유나영

계절이 두 번 바뀌었다. 차디찼던 겨울을 지나, 짧고 잔인했던 봄이 어느덧 끝자락을 보이고, 어느새 여름이 코앞에 다가와 있다. 처음 파업 시작할 때만 해도 여름은 너무 멀고 까마득하기만 했는데, 그 여름이 성큼 다가와 코앞에 왔는데, 열심히 투쟁하고 투쟁하여도 우리의 요구 관철은 아직도 더 먼 곳에서 코빼기도 드러내지 않고 있는 듯하다. 대학을 졸업하고 얻은 소중하고 소중했던 나의 첫 직업 KTX 승무원. 꿈만 같고 너무나도 좋았지만, 하루하루가 지날수록 이건 아니다 싶은 이상한 처우와 계속되는 부당한 대우와 거짓들, 나날이 가중되는 업무와는 반대로 나날이 줄어만 가는 월급, 여성이기에, 어리기에, 위탁 비정규직이기에 받아야만 했던 수많은 차별과 눈총들.

사회에 첫발을 들여 꿈에 부풀어 있던 나는 2년이라는 시간 동안 꿈에서 서서히 깨어났고, 각박하다고 말하는 세상의, 그 적나라한 현실을 몸소 뼈저리게 느꼈다. 그러던 중에 파업의 '파'자도 몰랐던 내가 파업이란 것을 하게 되었고, 지금까지 살아오면서 느낄 수 없었던, 극한의 고통과 분노, 공포와 긴장감을 느끼며 하루하루를 보낸 날이 어느덧 백일에 가까

워온다.

힘들고, 우리의 고지가 너무나 까마득하게만 보여서, 주위의 반대가 있을 때마다 그만두고 싶었던 적이 한두 번이 아니었다. 하지만 2년 동안 당한 부당한 대우를 더이상 받을 수 없고, 우리의 요구가 무엇보다 정당하기에 힘들어도 끝까지 힘을 내어 투쟁을 하고 있다.

어제는 지나가는 KTX 열차를 보고 눈물이 났다. 저 기차에 다시 타는 것이 왜 이리도 어려운 것일까. KTX 승무원으로 정당한 대우를 받고, 교육을 받으며 제대로 일하게 해달라는 요구가 그리도 어려운 일이란 말인가. 옳은 것을 옳다고, 바로 하자고 외치는 것이 이다지도 어렵고 힘든지 몰랐다. 하지만 여기서 힘들다고 포기할 수는 없다.

함께하는 동지들과 두 손 꼭 잡고 열심히 싸워서, 웃으면서 KTX 열차의 승무원으로 살아가는 그 날이 하루 빨리 오기를 간절히, 간절히 소망한다.

나는 정리해고를 당한 승무원이다

이기진

나는 정리해고를 당한 승무원이다. 정리해고, 스물여섯 살의 나이에 전혀 실감할 수 없는 단어지만 지금 나의 현실이다. 비록 지금 해고자의 신분이지만 이 투쟁을 멈출 수 없다. 찬 바닥에서 잠을 자는 것도, 자유롭게 씻을 수 없는 것도 힘들다. 그리고 나의 생활이 없다는 것도 너무 힘이 든다. 친구들을 만나 쇼핑도 하고 싶고 날씨 좋은 날엔 나들이도 가고 싶고 지금 파업농성장에서 입는 편안한 트레이닝복이 아닌 예쁜 옷을 입고 남자친구도 만나고 싶고 당당하게 일도 하고 싶다.

그래서 깔끔하게 화장을 하고 밝은 유니폼을 입은 복귀자를 볼 때면 화가 나고 내 자신이 초라해지지만 적어도 나는 돈에 팔려가 자신의 신념을 버리고 2년을 함께 일한 동지를 버리기는 싫다.

우리는 월급을 올려달라고, 공사 정규직을 바로 시켜달라고 이런 힘든 투쟁을 하는 것이 아니다. 2004년 KTX 승무원으로 입사했던 그때와 같은 마음으로 승무원의 업무를 하며 고객들을 만나고 싶어서이다.

이런 우리의 마음을 백 퍼센트 이해해달라는 것은 아니다.

지금 몸과 마음이 지쳐 있는 우리에게 가장 힘든 것은 사람들의 무관심과 우리를 바라보는 부정적인 시선들이다. 지금 단식을 하고 있는 동지들이 있다. 점점 야위어 가는 동료들을 볼 때마다 가슴이 시리고 메어진다. 하지만 이런 동지들이 있기에 든든하고 힘이 된다. 우리의 투쟁이 정당하기에 이 정당한 투쟁을 끝내기 위해 건강을 해칠 수도 있는 단식을 하는 것이다. 또한 나의 투쟁의지를 접을 수가 없다. 이런 우리에게 돌을 던지지 말라. 결코 남의 일이 아닐 것이다. 하루 빨리 전쟁 같은 투쟁이 끝나 일상생활로 돌아가고 싶다.

침낭 위에 앉아서 화장을 한다

박정현

처음 배낭을 메고 집을 나설 때 나는 우리의 파업이 이렇게 길어질 줄 몰랐다.

처음엔 너무나 추운 겨울, 침낭 속에서 잠바를 꼭 끌어안고 잠이 들어도 새벽쯤엔 너무 추워 깨어버려서 긴 밤을 눈을 뜨고 지새야 했다.

하지만 이젠 단체 티셔츠를 시원한 하늘색 반팔티로 맞춰 입을 만큼 한여름의 입구에 서 있다.

아침에 눈떠, 파업 중이지만 승무원이기에 우리는 북적거리는 화장실에서 줄을 서서 머리를 감고, 세수를 하고, 침낭 위에 앉아 화장을 한다.

집회에 나가고 구호를 외치고, 투쟁가를 부르고, 그렇게 우리들의, 나의 하루는 흐르고 흘러 이렇게 오랜 시간을 지나온 것 같다.

이제는 정말 끝내고 싶은데, 이제는 따뜻한 가족들 품에서 지내고 싶은데, 오늘도 나는 서울역 집회에 동지들과 함께하고 있다.

모든 고객이 다 우리 편이면 좋겠지만 아닌 사람들도 많기에, 상처 받고 시무룩해지기도 하지만 언제나 함께 하는 우리 동지들이 있기에 웃으며 하루하루를 즐기며 보내고 있다.

하나같이 착하고 예쁜 우리 KTX 동지들….

이제는 단식까지 돌입해 점점 힘없고 어두워지는 동지들을 보면 너무나 마음이 아파서 눈물이 핑 돌때가 많다.

이제는 멈출 수가 없다. 더 이상 동지들의 몸과 마음이 아픈 모습을 볼 수가 없다. 하루 빨리 우리의 열차 KTX로 돌아가 다함께 크게 웃을 수 있는 날을 기다린다.

그날을 기다리며, 그날이 올 때까지, 나는 언제나 동지들과 함께 같은 곳에서 같은 곳을 바라보며 서 있을 것이다.

이 편지가 도착하기 전,
이 여행이 끝나길 바라며

남소영

부모님께 드리는 편지

집을 떠나 파업이라는 것을 시작한 지 벌써 백일이 다 되어갑니다.

처음엔 2년 동안 당한 일들이 너무 억울해서 시작했고, 그 다음엔 정당한 것을 그렇지 않다고 억지 부리는 그들이 너무 미워서… 그리고 이제는 법과 공권력까지 동원해 우리를 회유하고, 협박하는 그들에게 공정하라고 소리치고 일깨워주기 위해 이곳을 떠나지 못하고 있습니다.

어제는 노동부 남부지청에 갔었습니다.

처음엔 우리에게 '불법파견'이며, '임금체불'이라고 했던 그들이 갑작스런 재조사를 하더니 불법파견도 아니고, 임금체불도 아니라고 하더군요.

'불법파견이 인정되면 사용 사업주는 즉시 의무고용 해야 한다'는 안내책자가 진열되어 있는 그곳에서 우리에겐 너무 큰 또 다른 벽이 존재한다는 걸 깨닫게 되는 순간이었습니다.

하지만 한숨짓지 않겠습니다.

처음 배낭을 메고 나올 때 걱정하시던 모습, 강제연행으로 경찰이 집으로 전화했을 때 저보다 더 침착하시던 목소리, 저를 위해 서명운동을 다니시다 몸살로 누우셨다는 소식에 마음이 아프지만, 그리고 학교에서 익혔던, 교과서에서 배웠던 그 세상은 현실과 너무 달라 당황스럽기도 하지만, 우리의 순수한 열정을 무모하다는 한마디로 퇴색시켜버리는 그들에게 아직 정의라는 것이 있다는 것을 일깨워 주고 싶습니다.

여행이 길어지게 된 것 같아 죄송한 마음 너무 크지만, 아직 법이라는 것이 있고 정의라는 것이 있고, 양심 있는 많은 사람들이 우리 손을 들어주고 있으니 돌아가는 날에는 환하게 웃을 수 있도록 최선을 다하고 싶습니다.

언제나 저를 믿고 지지해주시는 부모님께 고맙고 죄송한 마음 다시 한 번 전합니다. 그리고 사랑합니다.

전화기의 발신표시에 '울집'이라 뜨며
벨이 울릴 때

김민지

어느덧 파업 생활이 백일이 다 되어 간다.

오늘이 며칠인지 무슨 요일인지도 모르게 하루하루가 생각보다 제법 빠르게 흘러간다.

서울역에서 열차에 선전물을 꽂을 때마다 실감난다. 'KTX매거진'의 표지가 낯선 다른 것으로 바뀌어 있을 때마다 '아, 또 한 달이 지났구나'라고….

집에서 오는 전화를 안 받은 지도 4일이나 지났다.

전화기의 발신표시에 '울집'이라 뜨며 벨이 울릴 때 받지 못하는 마음이 너무 무겁다.

솔직히 잘하고 있는지 정말 모르겠다.

아주 두꺼운 겨울옷으로 시작했던 이 싸움이 이제는 반팔, 반바지를 입어도 더울 만큼 계절도 바뀌었다. 아무리 생각해도 답이 없어 하루에도 수십 번씩 멍하니 한숨만 나온다.

그래도 집에 있을 때보다 이렇게 농성장에 동지들과 모여 있을 때가 맘이 편한 걸 보면 내가 생각한 답이 맞을지도 모르겠다.

그렇게 나는 오늘도 투쟁한다. 나중에, 아주 나중에, 맨 뒤쪽의 답지를
펼쳐 봤을 때 지금 내가 있는 곳이, 이곳이 정답이길 바라면서….

내 인생의 특별한 KTX

최지연

열차 내 선전전을 하던 도중, 창밖에는 어둠이 내려 조용한 KTX 안에 홀로 앉아 멍하니 세상 밖 풍경을 응시하고 있었다. 나는 지금 어디로 가는 것일까, 어디서부터 출발한 것일까.

3개월 전, 영문도 모른 채 무작정 배낭을 메고 나서며 시작한 파업, 철도노조의 복귀로 이어진 KTX 승무원들의 단독 투쟁. 모든 것이 생소하기만 한 낯선 행로였다.

처음에는 동지들과 함께 해야 한다는 믿음으로 꿋꿋이 견뎌냈다. 힘들고 지쳐도 다 같이 해야 한다는 생각을 버릴 수는 없었다. 시간이 지나면서 가장 힘들었던 것은 추위도 배고픔도 아닌, 하나 둘씩 눈물을 머금고 떠나가는 동지들을 지켜봐야 한다는 점이었다. 2년간 함께 웃으며 울며 같이 생활해 왔던 사랑하는 동지들을 그렇게 떠나보내야 했다. 무엇이 우리를 이렇게 만든 것인지, 이 억지스런 상황을 만든 모든 이유들이 나에겐 고통으로 다가왔다. 말로만 듣던 무서운 공권력 투입을 한 번도 아닌 세 번을 겪고 나서야 진짜 파업이란 어려운 길이라는 것을 실감할 수 있었다.

긴 파업의 시간 동안 그만두고 싶은 적이 한두 번이 아니었지만, 지금 난 여기에서 나의 동지들과 함께 숨 쉬고 있다. 열심히 일했던, 누구보다도 큰 자부심으로 일해 왔던 우리, 앞으로의 길이 가시밭길이 될지, 승리의 길이 될지 알 수는 없지만, 모든 이들이 언젠가는 알게 될 것이다. 우리는 정당했다는 것. 그것으로 되었다.

어둠속을 달리는 객차 안의 꼬마아이가 까르르 웃는다. 무척이나 행복해 보인다. 그래, 난 이 KTX를 정말 아끼고 사랑했었는데 잠시 잊고 산 것 같다. 개통부터 우여곡절을 함께 겪은 KTX, 내 인생의 특별한 기억으로 안고 갈 것이다.

내 집 같은 직장을 고쳐서
그 집으로 다시 들어가야 한다

양지영

상의 일곱 개를 껴입어도 너무 추웠던 3월 1일 철도 총파업 첫날부터 비와 눈이 많이 내렸다.

그 눈비를 다 맞으며 태어나서 처음 해보는 파업이라는 것에 동참했지만, 모든 철도노동자가 한결같은 마음으로 결의를 다졌었기 때문에 한겨울 영하 추위쯤이야 두렵지 않았다.

파업 3일째, 침낭 속에서도 찬 바닥을 그대로 느낄 만큼 여전히 너무 추웠고, 딱딱한 도시락을 먹으며, 밀대 걸레를 빠는 수돗가에서 금방 얼 것 같은 찬물로 머리 감으며 버텼는데, 파업대오가 무너지기 시작했다.

KTX 승무원을 제외한 모든 조합원이 파업을 접고, 선복귀 후협상을 하겠단다.

가지 말라고, 도와달라고 그들 앞에서 무릎까지 꿇었던 게 이제는 먼 옛날의 일이 되어버렸다. 하지만 당장 편하자고 현장으로 돌아간 사람들은 결국 얼마 되지 않아 느낄 것이다.

한국철도공사의 점차적인 외주화 정책이 얼마나 악랄하고, 비정규직으로 산다는 것이 얼마나 비인간적인 삶인지 언젠가는 그들도 느끼게 될 것이다.

수백 번이고 여기서 나가고 싶었지만, 그때마다 생각한다.

여기서 나가봤자, 어차피 난 비정규직일 수밖에 없고, 차라리 지금은 힘들지만, 내가 2년 동안 일했던, 이제는 집 같은 내 직장을 고쳐서 그 집으로 다시 들어가야 한다고….

종교도 없는 내가 마음속으로 늘 바라고 스스로에게 기도한다.

이제는 부모님이 보고파 울지 않습니다

홍수진

길을 걷다 신호등을 어기면 큰일이 나는 것이라 알 만큼 규칙이나 법은 무조건 지켜야 하는 것이라 생각했고, 경찰이란 항상 저를 보호해주는 사람이라고 생각했습니다.

불과 얼마 전까지는 이런 저였습니다.

가끔 근무 중에 고객님이 큰소리치며 불만을 제기하면 놀란 마음에 뒤에서 눈물을 흘렸습니다.

부모님과 떨어져 지내는 것이 힘들었던 저였기에 대학시절 마음먹고 떠난 24일간의 여행에서는 매일 집으로 비싼 국제전화를 할 만큼 집을 그리워했고, 이런 저를 보는 부모님은 시집도 못 보내겠다는 염려 어린 말씀을 하시곤 했습니다.

이런 제가 3달 가까이 집을 떠나 있고, 얼마 전에는 퇴거불응이라는 죄로 경찰에게 강제 연행되어 유치장에서 34시간을 견뎠습니다.

각종 집회나 항의방문에서 만나게 되는 사측의 협박 섞인 큰 소리에 더 큰 소리로 맞서며 제 목소리를 냅니다.

그동안 집을 나와서 생활하는 것도 모자라 찬 바닥에서 잠을 자고, 찬

물로 머리를 감고 세수하며 찬 도시락을 먹었습니다. 하지만 이제는 부모님이 보고파 더 이상 울지 않습니다.

그동안 참 많은 것들이 변했습니다.

이렇게 제가 변한 이유는 비겁하지 않은 삶을 살고 싶기 때문입니다.

아직은 살아온 날들보다 살아갈 날들이 많은 저이기에 후에 저 자신에게 떳떳하고 싶기 때문입니다.

정당한 것을 정당한 것이라 말하고 싶기 때문입니다.

1천 명이나 되는 고객님의 목숨을 열차 팀장님 한 분에게 짐 지울 수는 없습니다.

외주위탁·비정규직으로 자신들의 잇속을 채우려는, 가진 자들의 배불리기를 더 이상 두고 볼 수는 없습니다.

지치고 힘든 싸움이지만 제가 할 수 있는 마지막까지 끝까지 투쟁할 것입니다.

저는 막내 4기 승무원입니다

백수정

열차를 타서 승무한 날보다, 파업한 날이 훨씬 긴 저는 막내 4기 승무원입니다.

옷을 서너 겹씩 챙겨 입어도 너무 추워서 잠들 수 없었던 겨울에 시작했는데, 지금은 천막 안에서 여름 더위와 모기들과 씨름하며 파업에 참가하고 있습니다.

누군가는 이야기합니다.

"고작 4개월의 KTX 승무원직에 무슨 미련을 두고, 그렇게 힘든 고생을 사서 하고 있냐?"

그런 사람들에게 저는 대답합니다.

"지금 몇 개월 내 몸 하나 힘들다고 포기해 버리면, 앞으로 몇십 년 평생 후회할 것 같아. 그리고 지금 내 옆에 있는 선배님들과 우리 어린 4기 동기들을 생각하면 그런 생각은 들지 않아."

점점 파업이 길어질수록, 힘들어 포기하는 동기들을 볼 때 힘이 빠지고 마음이 약해지기도 합니다. 제 자신도 몸과 마음이 점점 지쳐가는 걸 느끼기도 하지만, 이왕에 끝까지 하는 거라면, 즐겁게! 긍정적으로! 견디고 끝내야 한다고 생각합니다.

좋은 결과가 주어진다면 더욱 좋지만, 제 인생에 있어서도 좋은 밑거름
이 될 거라 확신합니다.

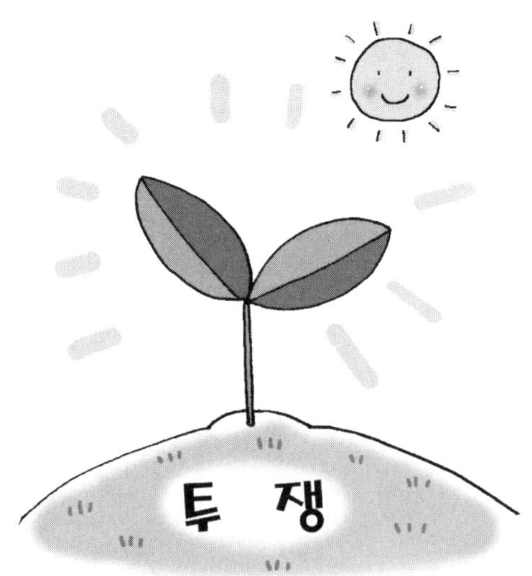

해고예고 통지서를 받고

송유정

　　KTX 1기 승무원으로 사회에 첫발을 내딛은 것이 바로 어제 같은데 벌써 3년차 사회인이 되었습니다. 아니 이젠 정리해고 된 사회인이라고 해야 할 것 같네요. 겨우 2년 일했을 뿐인데… 그것도 부당한 대우를 받으며 묵묵히 일한 대가가 정리해고라니 한숨밖에 나오지 않습니다.

　　지난 4월 14일 해고예고 통지서를 받고 아무렇지 않은 듯 예상했던 일이라, 올 것이 온 것뿐이라 생각하려 했지만 머릿속은 복잡해질 뿐이었습니다. 지난 2년간 일들이 머릿속에서 하나 둘 스쳐지나갔고 그럴수록 마음은 무거워질 수밖에 없었습니다.

　　그동안 받은 상처를 어떻게 표현할 수 있을까요?

　　도대체 저희가 잘못한 게 뭘까요! 그들의 폭언을, 그들의 무지막지함을 웃음으로 넘긴 것이 잘못일까요.

　　그들이 시키는 대로 꼭두각시처럼 움직인 것이 오늘의 사태를 부른 것일까요?

　　단지 고객이 불편해질까봐 치마 입은 채로 객실에서 무릎을 꿇고 앉아 바닥을 닦았고, 화장실에서 맨손으로 오물을 치우고, 구두 신은 채 미친

듯 뛰었던 것뿐인데 ….

돈을 바란 것도 아닙니다. 명예를 바란 것도 아닙니다. 단지 저희의 웃음 속에 가려진 눈물과 불안함을 알아줬으면 하는 것인데 저들은 저희를 일회용 쓰레기 취급하고 있습니다.

하지만 착한 저희가 저들을 구해줘야 하지 않겠습니까? 저들이 깨닫는 그날까지 끝까지 투쟁할 것입니다.

나는 KTX 승무원이 아닌 해고자다

최소영

지금 나는 KTX 승무원이 아닌 해고자다.

승무원 해보겠다고 열심히 면접보고 교육 받았는데 원하지 않은 해고자가 되었다.

석 달 동안 사용한 침낭 부피가 반이 되었고, 옷가지들도 얇아졌듯 옆에 있던 동지들도 점점 줄어들었다. 하지만 내 마음의 허전함은 그만큼 커졌다.

파업 시작할 때, 석 달 넘게 해야 한다고 했다면 여기 남아있는 사람은 한 명도 없었을 것 같다.

구철도청사, 국회, 강금실 캠프 등 여러 힘든 투쟁이 계속 진행될 때마다 '이제는 해결되겠지, 이번에는…….' 항상 이런 생각을 했다.

하지만 우리가 정당하기에 모두가 우리 편을 들어줄 거라는 바보 같은 생각을 버렸다. 정당할수록 더 힘들고 주변의 압력이 커진다는 걸 파업을 통해 알았다.

작은 것에 예민해져 있고, 바로 눈앞에 닥친 일이 너무 힘이 들고, 내가 아닌 누군가가 하겠지 하는 생각이 들 때마다 지쳐버린 내가 너무 싫다.

이 투쟁이 시작되기 전에는 비정규직이 무엇인지 알려고 들지 않았던, 아니, 나하고는 아무런 상관이 없는 일이라고 단정지어버렸는데 마치 이전의 나를 비웃듯 나의 일이 되어버렸다.

하지만 지금 내가 닥친 현실을 비난하진 않는다. 파업을 통해서 사회를 보는 시선이 많이 달라졌고, 나와는 상관없는 일들은 무심히 지나쳐버렸던 무심하고 적당주의자였던 내가 이제는 정당한 일에 대해서는 소리 내어 말할 줄 아는 사람이 되었다.

이 투쟁이 승리할 거라 확신한다. 그 과정이 힘이 들더라도 신념을 가지고 내 동지를 믿고 투쟁할 것이다.

아득히 멀기만 한 이 투쟁의 끝은
과연 언제일까

김은옥

투쟁을 결의하고 파업대오에 합류한 지 백 일에 가까워 오는 이 시점에, 정말 큰 산을 넘고 있다는 느낌이 든다.

처음 파업을 시작할 때, 쉽지 않을 거라는 예상은 했지만, 3개월의 시간은 길지만 어찌 보면 짧을 수 있는 시간으로 굉장한 인내심을 내게 요구했었다.

산을 하나 넘었다 싶었더니, 아직도 정상은 아니라고 그래서 또 하나를 넘었나 싶었더니 안개에 가려지듯 아득히 멀기만 한 이 투쟁의 끝은 과연 언제일지 막막해지면서 차츰 힘을 잃어가고 자제력을 잃어가는 느낌이다.

매일 저녁 반성하고 새롭게 결의하지만, 막상 눈앞의 시련과 고통은 마음과 육체를 지치게 한다.

우리 투쟁은 분명히 정당한데, 분명 사람들도 동감하고 있을 사실인데 선뜻 나서서 동조해주고 도와줄 수 있는 사람이 없는 이 현실이 너무 안타깝다.

현실 앞에 복귀 결정을 하고 돌아선 복귀자들이 처음엔 원망스러웠으

나, 이젠 이해가 되기도 한다.

그렇게 돌아서서 똑같이 비굴한 위탁직원으로 하라는 대로 해야 할 그들의 삶이 참으로 불쌍하다.

그래서 자긍심을 갖고 투쟁하련다.

물론 현실은 계속해서 내 결의를 압박하고 있지만, 잘못된 현실에 쉽게 순응하고 고달프게 살고 싶지는 않다.

민주주의 사회라고 배웠다. 나는 내 의견을 알릴 권리가 있고 잘못된 것에 대해 고쳐달라고 외칠 수 있는 권리가 있다. 적어도 이 권리만큼은 포기하고 싶지 않다. 어찌 보면 나는 행복한 사람이란 생각도 든다. 더 힘들게 비정규직으로 위탁되어 월급도 제대로 받지 못하는 노동자가 얼마나 많은지 나는 잘 알고 있다.

앞으로 사회생활을 시작할 우리 후배들, 우리의 미래를 이끌어갈 우리 아이들은 다시는 이런 투쟁을 하지 않고도 인간답게 살 수 있는 세상을

만들기 위해 끝까지 투쟁하련다. 우리의 목표가 꼭 달성되지는 않더라도 이런 사회를 만든 노무현 정권, 그리고 철도공사 경영진들의 잘못된 경영에 대해 엄격한 심판을 통해 조금이라도 우리 노동자의 환경이 개선되는 것을 이루고 말 것이다.

인간의 한계는 그 누구도 정의할 수 없다고 본다. 최선을 다해 우리의 투쟁이 헛되이 끝나는 일이 없도록 전진하련다.

어두운 터널을 우리들은 걸어왔다

박지예

오늘도 어김없이 아침 일찍 일어나 서둘러 서울역으로 왔다. 계속되는 서울역 집회와 선전전, 그리고 서명운동….

매일 하는 이런 일들이 지겨울 법도 한데 나는 오늘도 반복되는 이 일상 속에서 언젠가는 좋은 날이 오겠지 하는 조그마한 희망을 가지고, 그런 조그마한 희망이라도 있기에 이렇게 이곳에 오는 게 아닌가 싶다.

정부의 비정규직 정책, 경영 효율화, 구조조정… 이런 것들이 무엇이기에, 우리들을 이렇게 내몰고 탄압하는 것인지….

2년 전 학교를 졸업하고 승무원이 되고 싶어 KTX 승무원 공채에 지원해 합격했다. 홍익회라는 곳이 단순히 채용과정을 거치고 면접만 보는 곳이라 생각했을 정도로 순진했던 그 당시 나의 모습이 생각난다.

내가 바라던 목표에 어느 정도 도달했다는 그 성취감으로 뿌듯했었고, 미래의 내 모습을 상상했었다. 하지만 지금의 나의 모습은 그 당시 내가 그렸던 모습과는 전혀 다르다. 동지, 투쟁, 집회, 농성이라는 단어를 거리낌 없이 쓰고 있고 침낭 하나에 내 몸을 의지하며 공권력에 의해 짓밟히고 경찰서 유치장, 검찰을 들락날락하는 게 지금의 내 모습이다.

한때는 내가 이 사회의 패배자 혹은 낙오자가 되어버린 것 같은 느낌을 지울 수가 없었다. 하지만 파업, 아니 정부와 공사에 맞서 싸우고 있는 지금, 난 오히려 마음이 편안하다.

이 생활에 많이 적응되고 아직 많은 동료들이 나와 함께 하고 있기 때문이기도 하지만, 서울역 서명운동을 통해 여러 시민들의 격려와 성원이 아주 큰 힘이 되고 있다. 시민들에게 설명을 드리다 보면 우리의 이 싸움이 꼭 승리해야 된다는 당위성에 다시 한 번 자신감을 얻게 된다.

그렇다. 시작부터 잘못된 것이고 첫 단추를 잘못 채운 것이다. 함께 일하는 팀장님들처럼 우리 여승무원도 똑같이 철도공사 정규직으로 똑같은 과정을 거쳐 들어왔어야 했다. 그러고 보면 2년 동안 우리가 어떻게 일해 왔던가! 소속이 다른 사람들끼리 제대로 된 업무연락도 주고받지 못하고 교육도 제대로 받지 못하고 도움을 청하면 소속이 다르니 도움을 줄 수 없다고 하고, 문제가 발생하면 이리저리 미루고 회피하는 공사와 홍익회

사이에서 갈팡질팡하며 그 어두운 터널을 우리들은 걸어왔다. 절대로 소속이 분리되어서는 안 되는 업무에 우리는 불법파견 되어 일해 온 것이다.

제대로 일할 권리를 빼앗는 것은 먹지 말라고, 자지 말라고 하는 것과 똑같다고 생각한다. 일하는 사람의 기본권까지 빼앗아버리는 철도공사와 정부.

언제부터 일하는 사람을 정규직 노동자와 비정규직 노동자로 구분하였던가! 이 모든 과정이 힘 있는 사람들의 장난이라고 생각하니 너무나 서글프고 치가 떨린다. 이것이 내가 이 싸움을 절대 포기 못하고 끝까지 갈 수밖에 없는 이유이다.

기다림만큼 완벽한 것은 없다

평생 지워지지 않을 상처

김경미

2년 동안 KTX를 타면서 정말 열심히 일했다. 역방향 좌석 손님들의 불만, 일반실에 이어폰이 설치되지 않았다, 좌석이 좁고 통로가 좁고 공간이 좁다, 화장실에 냄새가 나고 물이 넘치고. 갑자기 온도가 변해서 한여름에 온도가 올라간다는 불만 등이 많았지만, 그래서 욕도 많이 먹었지만, 정말 2년 동안 열심히 일했다.

처음 KTX가 들어와서 불만 사항이 많은 것을 우리 KTX 1기들이 열심히 공부하여 고객님께 설명 드리고 불만을 해결해드렸더니, 고객님께서 우리에게 웃으시며 다가와 고생한다며 말을 걸어 주시곤 했다.

고객님께 진정한 서비스를 하고 싶었는데, 이제 우리가 필요 없다고 한다. 처음 KTX가 나와서 우리를 이용해 광고하고, 고객님들이 처음 접하는 KTX에 대한 불만을 우리를 이용해 해결하고, 2년 후 이런 불만이 해결되고 나니 우리가 필요 없다고 한다.

정말 우리는 일회용인가!

내가 이렇게 버려지려고 2년간 땀 흘리며 KTX를 지키며 열심히 일해 왔던가. 항상 KTX 승무원이라는 자부심을 가지고 일해 왔는데, 우리가 필요 없다니….

파업을 하면서 잃은 것이 너무 많다. 직장에서 해고되고, 남자친구 떠나가고, 부모님 걱정 시켜드리고, 친구들도 못 만나면서 멀어지고, 건강도 나빠지고….

이렇게 힘든 점이 많지만 우리는 이번 파업에서 꼭 승리할 것이다. 왜냐하면 우리가 옳기 때문이다.

옛날엔 법이 옳고 그른지에 대해서 생각한 적이 없다. 그런데 요즘 법에 대해서 생각하게 된다. '법은 강한 자에게 약하고, 약한 자에게 강한 것인가' 하는 생각이 든다. 이 세상은 약한 자가 살아가기엔 너무 힘들다는 생각도 든다. 우리의 요구가 옳다고 생각하는 사람도 많고, 우리가 직접 고용되어야 한다는 사람도 많은데 왜 소수의 강자에 의해 조종되는 것인지 … 그렇다면 법이란 것을 왜 만들었는지 … 법은 국민을 보호하려고 만든 것이 아닌가?

나도 대한민국 국민이 아닌가! 20대에 버텨내기에는 너무 힘든 것 같다. 꿈도 많고, 열정도, 희망도 많은 20대 우리에게 이 대한민국은 상처를 주는 것 같다.

가슴에 못이 천 개는 박힌 듯한 느낌이 든다. 노동부, 법, 대통령, 이철 사장, 정치인들이 내게 남긴 상처는 영원히 지워지지 않을 것 같다.

TV에서 파업하는 장면을 보면 왜 저렇게 파업을 하지? 그냥 대충 잘 다니면 되지, 이런 생각을 했었다. 하지만 이번 파업을 통해서, 세상일이 당사자가 아니면 모른다는 생각이 들었다. 너무 힘들지만, 우리가 옳기에, 이 파업이 정당하기에 동지들과 끝까지 함께 하고 싶다.

정의와 이성을 믿고

공현숙

7시 30분 기상, 9시 30분까지 아침식사 및 농성장 정리, 9시 30분에 약식집회… 그리고 우리의 일정대로 열심히 투쟁!

세상에서 가장 공평하게 모든 사람에게 주어진 것은 '시간'이다. 하루 24시간을 불과 몇 달 전과는 전혀 다르게 보내고 있는 나는, KTX 1기 승무원 공현숙이다.

일단 기상시간이 달라졌다. 승무 중에는 새벽 4시, 아침 6시, 어떨 때는 오후… 그날 그날 승무시간에 따라 달라 괜히 더 피곤한 것 같고, 일정한 시간에 일어나도 되는 직업이 부러울 때도 있었다.

돌아가고 싶다. 내 출근시간이 몇 시든 상관없이 매일 첫 끼니를 챙겨 주시던 우리 엄마, 잠에서 덜 깨어 부스스한 우리 엄마의 머리도, 우리 엄마만의 향기도, 밥과 반찬도 그립다.

'사무친다'는 단어를 가슴으로 느끼게 해준 KTX 승무원 투쟁. 이 시간을 나는 '정의'와 '이성'을 믿고, 동지들을 믿고 함께 하고 있다.

"아가씨, 원래 계약직인 거 몰랐어?"

"그렇게 공사 정규직이 하고 싶으면 시험이나 쳐!"

내가 제일 대답하기 싫은 질문들이다. 난 홍익회의 계약직인 거 알고 있었다. 그러나 그 '계약직'이 20대 젊은 여성들에게 얼마나 큰 고통을 가져다주는지는 몰랐다. 이 사회에는 정의가 살아있고, 모든 국가기관은 약자를 위해 존재하는줄 알았다. 그러나 정의 실현을 위한 길이 이렇게나 험하고, 당연한 내 권리를 주장하는 소리가 이렇게 무시될지는 몰랐다.

솔직히 힘이 든다. 언제 끝날지 모르는 투쟁에 단식까지 하는 동지들을 보면서 내가 지금 뭘 하고 있는지, 그 원인조차 혼란스럽다. 당장이라도 뛰쳐나가고 싶다가도, 포기가 안 된다. 이대로 끝낼 수는 없다.

대한민국 노동자의 외침이 거대한 권력에 의해 가려지는 것을 막아야 한다.

과연 할 수 있을까? 그래, 할 수 있다.

고난이 크면 클수록, 그 영광 또한 클 것이고, 끝까지 해야 승리할 수 있으니까 말이다.

그날만을 손꼽아 기다리며

정희영

일할 때 보아왔던 부산스럽게 움직이던 동료들의 모습은 찾아보기 힘들다.

이제는 동료가 아니라 동지로 새롭게 뭉쳐졌고, 나의 동지들은 지금 옆에서 독서를 하고, 십자수를 놓고, 음악을 듣고, 체조를 하고, 낮잠을 자고, 일기를 쓰고 있다.

힘든 투쟁의 모습보다 지금은 너무도 평화롭고 여유로운 분위기가 감돈다. 우리의 투쟁이 편안하고 안락하다는 것이 아니라, 그만큼 익숙해졌다는 거겠지….

파업 시작 무렵, 파업 한 달째 무렵까지만 해도 늘 불안해하고, 우왕좌왕하고 늘 여럿이 모여 어떻게 될지 이야기하기에만 정신이 없었는데, 이제는 어느덧 석 달째가 되면서 다들 여유시간을 보낼 취미생활을 찾고 자기계발에 투자하는 모습을 보니 참 대견하다는 생각이 든다.

힘이 들어, 몸이 아파서, 집안 사정에 의해 어쩔 수 없이 농성장을 떠나 있는 동지들을 오히려 걱정하고, 위로하고, 격려하는 우리 동지들의 모습이 너무나 아름답다. 요즘은 주로 서울역 농성과 서명운동이 우리의 일정이다.

처음에는 서명 하나 받기도 힘겨워하며 주춤했지만, 이제는 수십 걸음
을 따라가서 설명을 드리고 서명을 받아온다.

나 또한 처음에는 내 입으로 '해고통보'라는 말을 꺼내다가 눈물을 흘리
기도 했다. 내 스스로 해고자라고 말하는 것이 너무나 슬프고, 억울했다.
격려해주는 고객분이라도 만나면 미리 준비한 듯 눈물이 뚝뚝 떨어졌다.
우리 투쟁의 정당함을 아는 분이 계시다는 게 너무 고마웠다. 우리 입으
로만 외치고, 정당함을 주장하는 것은 아닌지 두려웠던 적이 있었기에 우
리가 아닌, 일반 고객님들의 생각을 직접 접했을 때 그 기쁨이 얼마나 컸
던지 … .

이제는 예전과 달리 우리 동지들은 마음속의 데드라인을 지운 듯하다.
이제 더 이상은 날짜가 중요하지 않은 것 같다. 예전처럼 답답해하거나
불안해하지 않는다.

이제는 승리의 날을 맞이할 준비만 열심히 하고 있다. 그날이 언제가

되든 우리의 정당함을 반드시 확인 받을 수 있는 그날만을 손꼽아 기다리
며, 취미생활을 할 때는 그것에 최선을, 농성 중에는 농성에, 서명운동을
할 때에는 한 분께라도 더 설명 드리고 서명받기에 최선을 다하며, 보람
있고 충실한 하루하루를 보내겠다고 다시 한 번 다짐해 본다.

'적당히'보다는 '옳게'와 '제대로'와 '확실히'를

예명숙

생각지 못했던 긴긴 파업을 하면서 두 계절을 보냈다. 혹독하고 매서운 겨울이 지나면 파업이 끝날 것이라고 부푼 기대를 가졌지만 따스한 봄에도 우리에겐 아무런 변화가 없었다. 아니 더 많이 국가 여러 기관들의 냉대에 실망하고, 공권력 투입에 짓밟혔다. 사람들은 우리를 보고 '저 정도 했으면 포기할 법한데…'라며 의아해할 것이다. 우리가 독하다고 생각할지도 모르겠다. 하지만 나는 감히 말하고 싶다. 내가 정말로 진정 좋아하고, 하고 싶은 일이고, 그 직업이 고객의 안전과 서비스를 담당하는 일인데, 그 본질이 변질되는 것이 싫어 이렇게 힘들게 투쟁하고 있다고….

공사측의 복귀요청에도 불구하고 끝까지 남아 있는 많은 승무원들이 그 뜻을 굽히지 않고 굳건히 있는 것은 철밥통이 탐나서가 아니다. 말로는 고객 안전을 운운하는 철도공사가 그 업무를 맡겨야 할, 아니 지금까지 그 업무를 맡겨온 우리를 밖으로 내치는 것에 대한 분명한 거부 의지이다. 우리는 철도공사에 소속되지 않고는 어떤 교육도 제대로 받을 수 없고, 팀장과의 유기적인 업무교환을 할 수가 없다. 처음부터 잘못 채워진 단추를 이제야 바로 잡으려 하니, 그 단추를 다시 뜯어내기가, 또 그것을 다시 바르게 채우기가 너무나 힘들다는 것을 뼈저리게 느낀다. 하지만 내 직업의 소중함과 애착, 고객의 안전을 걱정하는 마음으로 이 자리를 지켜낼 것이다.

지금까지 살아오면서 어떤 일에도 이만큼 소신을 가지고 내 주장을 내세운 적이 없었기에 가족들도 걱정하고 포기하라고 한 적도 많다. 하지만, 그때마다 나는 말했다.

"한 번 사는 인생이니 내 소신을 가지고 끝까지 옳다고 믿는 것을 향해 가겠어요."

그것이 비록 계란으로 바위치기라서 수도 없이 깨어질지라도 우리 모두는 알고 있다. 고객 안전도 지켜내지 못하고, 쓰다가 버려지는 그런 소모품으로는 살아갈 수 없다는 것을 말이다. 적당히 타협하고 적당히 달래면 우리가 무너질 거라는 생각은 이제 버리길 바란다. 우리는 모두 '적당히'보다는 '옳게'와 '제대로'와 '확실히'를 선택했기 때문이다.

너무나도 서럽고 가슴 아팠다

이혜정

뼛속까지 시리던 한파 속에서 몇 겹의 내복과 두꺼운 파카를 입고 시작했던 파업이 반팔에 반바지를 입고 부채질을 하는 더위 속에서도 계속되고 있다.

그동안 참 많이 힘들었고, 참 많이 아팠고, 참 많이 울었다.

네 번의 공권력 투입을 경험하고 두 번의 유치장 신세를 지면서 권력 앞에서 무기력할 수밖에 없는 것이 너무나도 서러워서 목에서 새어나오는 울분을 감추지 못하고 토해냈다.

너무나도 서럽고 가슴 아팠다.

하지만 그러한 상황들보다 더 힘들고 가슴 아팠던 것은 하나둘씩 떠나는 동지들을 보는 것이었다. 거짓말을 하고 복귀를 하기 위해 떠나는 동지도 있었고, 다른 직장을 구해 다른 삶을 시작하기 위해 떠나는 동지도 있었다. 그 동지들을 보내는 마음이 너무나도 아팠다.

떠나는 이는 알지 못하는 보내는 이의 마음. 어느 노동 신문에서 봤던 글귀가 생각난다.

'물대포보다 차고, 컨테이너보다 무겁고, 철조망보다 날카로운 것은 돌

아서던 뒷모습이더라.'

사람에 대한 믿음과 신뢰가 무너지는 것만큼 힘든 것은 없다는 생각이 든다. 이미 그 경험으로 난 어떤 고난도 이젠 두렵지가 않다.

이번 파업으로 난 철부지 20대 여성에서 진정한 노동자로 거듭났고, 이제껏 보아오지 못했던 세상의 이면들을 보며 현실을 직시하게 되었다. 그 배움과 깨달음만으로도 난 이번 파업에서 많은 것을 얻었다는 생각이 든다.

'피할 수 없으면 즐기라' 했다. 난 이 상황을 피할 수 없고, 내가 물러서면 안 될 현실이기에 지금 이 상황을 즐기며 최선을 다하련다.

그리고 반드시 승리하겠다. 나를 떠난 그 동지들에게 먼저 손 내밀어 내가 먼저 그들을 용서할 수 있기 위해… 서울역 농성장에서 힘내라고 격려해 주시는 시민들, 작은 음료라도 건네는 고객님들을 보며 아직 세상은 참 따뜻하다는 것을 느꼈다. 그분들의 격려와 응원이 헛되지 않도록, 'KTX 승무원'의 이름을 내걸고 비정규직 철폐를 위해 승리하는 그날까지 열심히 투쟁할 것이다.

내 판단이 여기까지 나를 끌고 왔다

황지영

겨울을 지나 봄을 거쳐 초여름에 접어들고 두꺼운 투쟁 조끼에서 '우리는 KTX 승무원입니다'라고 새겨진 파란 색 KTX 티셔츠를 입고 있는 나 자신에게 알 수 없는 슬픈 감정으로 고개를 숙이게 된다.

열린우리당에서 낙하산으로 내려온 이철 사장의 'KTX 승무원 탄압하기' 게임이 시작되어 총알을 장전하고 수류탄을 들어 우리에게 던져 하나, 둘… 떨어져 낙오자로 만들고 있는 이 게임에서 현재까지 살아 있는 2백 20여 명, 우리는 죽어 있는 게임 아이템이 아니라 생존권을 위해, 비정규직 철폐를 위해 옳은 길을 걷고 있다는 명분을 가지고 싸워왔다. 하지만 그 길이 너무 길고 험난해 보여 요즘은 두려워진다.

독한 이철 사장의 무반응, 가족과 친구, 남자친구의 만류가 있을 때마다 '과연 나에게 이 길만이 있는 걸까?'라는 생각이 든다.

작년 3월 5일 136:1의 경쟁률로 들어온 KTX 승무원이라는 이 자리! 정말 승무원이고 싶어 '한국철도유통', '한국철도공사' 소속 따윈 중요하지 않다고 생각했다. 하지만 내 판단은 여기까지 나를 끌고 오게끔 만들었고 판매사원이 아닌 'service oriented mind'로 고객을 정성껏 모실 수 있는 내 자신을 다시금 꿈꾸고 있기에 지금 내 자리를 지키고 있다. 내 옆에 있는 동기와 선배들이 있기에 이 길이 힘들어도 조금 더 기운내서 싸울 것이다.

파업은 나에게 힘든 상황을 주었지만
뒤를 돌아볼 수 있는 기회를 주었다

서효정

철도파업은 일주일 안에 끝난다는 농담 반의 말로 파업이 시작됐다. 살면서 내가 하는 일이 옳은 것인가 정당한 것인가를 물어보며 지내지 못했다. 하지만 지금의 난 뭐가 옳은 것인지 정당한 것이지 당당하게 말할 수 있게 되었다. 내가 지금까지 파업대오에 남을 수 있었던 가장 큰 이유는 2년을 가족처럼 지내 온 동지 때문이다.

구호 중에 '나를 믿고 동지를 믿고 끝까지 투쟁하자'란 말이 있다. 동지

에 대한 믿음과 동지를 버릴 수 없기에, 그리고 결과가 어떻게 될지 알 수 없는 긴 싸움이지만 함께 하는 게 옳은 일이기에 이 파업은 희망이 있는 것이다. 투쟁하는 동안 동지들은 많이 성숙해져 있다. 나 자신의 싸움과 동지에 대한 믿음, 가족에 대한 사랑, 그리고 살면서 보지 못했던 느끼지 못했던 작은 것에 대한 고마움이다. 당연한 줄 여기며 살았던 것들이 고마운 일, 소중한 일이라는 것을 이제야 깨닫게 되었다. 파업은 나에게 힘든 상황을 주었지만 뒤를 돌아볼 수 있는 기회를 주었기에 감사하다. 투쟁의 끝은 아직 보이지 않지만 오늘도 웃으며 투쟁을 해나갈 것이다.

이 기나긴 여정이 언제쯤 끝날까

장혜진

이 기나긴 여정이 언제쯤 끝날까, 언제까지 버틸 수 있을까.

기쁨의 눈물을 흘리며, 동기들을 얼싸안으며 KTX에 몸을 싣는 내 모습을 그려본다.

어렸을 때, 잠들기 전 꿈속으로 가는 기차를 타는 어린 내 모습을 상상하듯이 지금 나는 우리의 KTX가 꿈의 열차가 되는 상상을 하며 잠이 들곤 한다.

이제는 축축한 침낭도 폭신폭신한 침대가 되어 있고, 서울역 농성장은 어느새 아름다운 투쟁을 즐겁게 할 수 있는 놀이터가 되어 있다.

눈물도 참 많이 흘렸다. 마음을 다잡고, 또 한 번 한숨 쉬고, 또 다시 농성장으로, 투쟁 속으로 나서야 했다.

처음엔 여기에 왜 있는 걸까? 이래야만 하는 걸까? 수없이 고민하고, 후회하고 망설였지만 결론은 우리의 정당함 때문에 끝까지 함께 나가야 한다는 것이었다.

모두가 질 거라고, 이 싸움은 처음부터 길이 아니었다고 한다.

격려의 말보다 질책과 안타까움이 나를 더 지치게 했다. 하지만 나는 보여주고 싶다. 우리를 아프게 하고, 우리를 눈물짓게 한 그들에게 우리의 정당함과 우리의 간절함을 보여주고 싶다.

내가 가장 좋아하는 문구가 있다. '질긴 놈이 승리한다, 끝까지 투쟁하자!' 질긴 놈이 억지 부리고, 떼를 써서 이기는 게 아니라, 우리가 가야 할 곳이 있기에 그 곳으로 가기 위해 수없이 넘어지고, 내동댕이쳐져도 노동자라는 이름으로 포기하지 않고 하나된 목소리로 부르짖기 때문에 결국 쟁취하고 말 것이다.

오늘도 난 마음속으로 다짐한다. '질긴 놈이 승리한다, 끝까지 투쟁하자!'

기다림만큼 완벽한 것은 없다

김지원

사람의 적응력이란 정말 경이롭다.

어두운 조명, 발자국이 만들어 내는 먼지, 부스럭거리는 깔개, 침낭, 백여 명이 사용하는 세면대는 단 하나.

이런 환경에서 내가 살 수 있는지, 살게 될 날이 올지 몰랐다. 나는 이곳에서 씻고, 먹고, 웃기도 하고 미래도 생각하며 집에 있는 것 이상의 편안함도 느끼곤 한다. 비록 나의 두 팔과 두 발은 신나게 뻗을 수 없지만, 늘어지게 오후까지 늦잠을 잘 수도 없지만, 불편하고 피곤한 내 신체 속의 내 정신만은 더운 여름을 벌써 넘어 파란 가을하늘처럼 시원하다.

시원하다는 말에 내 동지들, 같이 동고동락하는 친구들이 발끈할지도 모르겠다. 어디가 끝인지, 정답인지 모른 채 계속되어온 투쟁. 내가 옳다 느끼고 내가 억울하여 친구들 손 맞잡고 한번 고쳐보자 마음먹은 내 길이 사람들의 질타를 받고 조롱을 받게 될지는 몰랐다. 내가 보낸 시간의 굴욕은 사라지고 오로지 세상의 높은 벽과 실타래처럼 엉킨 이해관계만을 얘기한다.

편한 길은 아닐 줄 알았다. 조금만 비굴해지면 인생이 편할 수도 있다고 한다. 아직 세상을 덜 살아서, 덜 배고파서 그런 거라 했다. 하지만 스물일곱, 살아갈 날이 더 많아 꿈꾸고 싶고, 내 아들 딸, 손자 손녀, 길 가다 마주칠 그 누구에게도 나는 쉽게 살고자 정신을 팔아먹은 사람이 아닌, 정신의 정당한 주장을 위해 몸이 다소 고생했노라 하고 싶다.

아직 내가 걷는 이 길의 색깔은 모르겠다. 행복의 색깔도 채워져 웃으며 추억할지, 그 외의 상황이 다가올지, 다만 내게 어느 길을 가겠냐는 선택의 시간이 다시 온다 해도 나는 아마 이 길에 다시 놓여 있지 않을까 싶다. 피부가 따끔거리고 눈꺼풀이 내려와도, 내 마음 편한 곳, 내 뒤가 안 켕기는 길로 나는 다시 흘러흘러 올 것이다.

내가 평소 아끼던 말이 있다.

'기다림만큼 완벽한 것은 없다.'

어린 시절 월간 만화에 빠져 살던 나는 매달 만화책이 나오기 2, 3일 전부터 서점 문턱이 닳도록 드나들며 조바심을 내곤 했다. 그러나 달라지

는 것은 없었다. 애가 타는 어린 나의 가슴을 무시한 채 월간지는 정해진 날, 혹은 조금 늦게 나의 품에 찾아왔다. 이변이란 없었고 기다리는 나만 늘 축났다. 시간과의 싸움에서 시간을 견디지 못하고 안달하는 것만큼 부질없는 것도 없다. 시간이 나를 기다리고 있는 만큼, 나도 흔들리지 않고 정해진 만큼 넉넉히 기다려 주면 되는 것이다.

시간이 만들어 내는 초조함에 져서 내 길을 바꾸고 싶진 않다.

우리가 바라는 것은 단지 '철도공사의 정규직 승무원'이란 단순화된, 대표화된 요구만은 아니다. 해준 약속은 지켜주고, 한 만큼 알아주고, 되돌려주며 사랑과 책임감 있는 삶을 누리게끔 해달라는 것이다. 우리의 이 소박하고 당연한 바람이 거절당해도 죽지는 않는다. 다만 오래도록 상처가 남아 딱지가 앉을 것이다. 바르게 살아도, 간절히 바래도 상처만 받고 끝날 수 있다는 것에….

그러나 나는 아직도 이곳에 침낭을 깔고 다리를 펴고 눈을 감고 잠을 청한다.

그리고 아직도 내 바람은 헛되지 않았다는 믿음과 믿음에 대한 순수를 버리지 않는다.

시간의 법칙

강유선

국회에서 하루를 잤다. 차가운 대리석 바닥에서 신문지 한 장을 깔고 동지의 체온을 이불 삼아 하루를 견뎠다. 그리고 아침으로 김밥과 어묵국물을 먹고 한명숙 총리를 기다렸다. 첫 여성 총리가 임명되는 날, 그래서 더 기대하고 고대하고 바랬다.

하지만 오전 11시 40분경 까만 먹구름같이 경찰들이 로비에 들어왔고, 우리를 종이 찢어 쓰레기통에 처넣듯 닭장차에 집어넣었다.

구겨질 대로 구겨진 동지들을 보면서 정말로 이 긴 싸움을 이겨야겠다는 생각만이 들었다.

강남경찰서로 연행돼서 이틀을 보냈다.

내 평생에 잊지 못할 그 이틀, 미치지 않으려고 계속 잠만 잤다. 일어나면 정말 미쳐버릴 것 같았다. 누군가에 의해 잠겨진 곳에 갇혀 있다는 것이 나를 어지럽게 했다. 잠이 지겨워지면 일어나 책을 읽었다. 현실을 잊고 마음을 다스리려고 책을 읽었다.

하루 반을 지내고 저녁 10시경 그 동물원 같은 곳에서 풀려나게 되었다. 몸과 마음이 다 피폐해진 상태에서 짐을 챙기려고 서울역으로 돌아왔다. 어떻게 아셨는지 엄마가 와 계셨다. 그리고 수많은 동지들이 나와서 눈물을 흘리며 안아주었다.

엄마에게 미안하다고 하고 죄송하다고 했다. 엄마는 미안할 것도 없고 죄송할 것도 없다고 했다. 다른 누군가가 잡혀갈 것을 내가 대신 갔다고 생각하고, 내가 안 갔으면 다른 동지가 갔을 것이라고 생각하고, 자랑스럽게 생각하라고 했다.

53여 일간의 시간은 나에게 많은 것을 경험하게 했다. 사랑하는 후배들을 지켜주지 못하고 눈물 흘리며 보내야 했고, 사랑하는 동지들을 수배자로 만들었으며, 사랑하는 가족들을 나를 위한 기도만 하게 만들었다.

아픈 상처는 결국엔 아물게 되어 있다. 시간은 우리에게 망각이란 선물을 줄 것이며, 승리라는 고지를 만끽하게 해줄 것이다.

그리고 나는 그런 시간의 법칙을 믿는다.

최선을 다하는 KTX 승무원의
모습을 기대해 주십시오

- 이철 철도공사 사장님께

안녕하세요? 사장님.

사장님께서 저희 KTX 여승무원들에게 보내신 글, 잘 읽어보았습니다. 저희 비정규직 노동자들의 땀과 눈물을 이해하신다는 말씀에 저희 여승무원들 또한 눈물을 흘리지 않을 수 없었습니다.

그러나 사장님!

사장님께서 말씀하신 대로 저희가 왜 우리의 주인인 고객님들을 상대로 전단지를 돌리며 투쟁을 해야 했는지, 도대체 왜 우리 내부의 어려움을 직접 고객들에게 호소해야 했는지 알고 계십니까?

저희 KTX 여승무원들은 지난 일 년여 동안 비정규직의 서러움은 물론이고, 승무운용에 전혀 노하우나 전문성이 없는 철도유통에 위탁되어 일해 왔습니다. 판매업무만을 해왔던 한국철도유통의 부족한 업무능력으로 인해 교번운용상의 문제는 비일비재하게 발생하였을 뿐만 아니라, 부산 승무원들의 경우에는 출종무 사무실의 착오로 인하여 마땅히 쉬어야 할 휴무에 전화를 걸어 새벽에 나오게끔 하였으며, 그 책임을 승무원 개인에게 전가하는 이해할 수 없는 행태가 자행되어 왔습니다.

승무원이 부족하여 몸이 아플 때도 마음놓고 병가를 낼 수 없고, 생리 휴가 역시 제대로 쓰지 못하고 있으며, 연차휴가도 사용하지 못하고 있습니다. 또한 힘들게 업무를 마치고 돌아오면 사무실에서는 비번인 승무원에게 대무근무를 하라고 합니다. 휴일을 반납하고 일을 하거나 교육을 받으라고 강요합니다. 승무를 마치고 나면 진이 다 빠져 있는데 휴게시간조차 보장받지 못하고 다시 일을 해야 하거나 한 달에 4, 5일 쉬는 휴무를 반납하고 근무를 나가야 하는 상황입니다.

이런 여건에서 계속 근무하다가 건강에 이상이라도 생기면 도대체 누가 보상할까요?

사장님, 얼마 전 부산 승무원이 객실에서 승객에게 10분 이상 폭행을 당하고 입원을 하는 사건이 있었습니다. 이런 일들은 승무원들이 크고 작게 한 번 이상 모두 겪었을 정도로 저희는 폭언과 폭행 등 갖은 위험에 노출되어 있습니다.

그러나 철도공사에서는 저희 승무원들이 현재까지 공식적으로 겪은 폭언이나 폭행이 단 한 건밖에 없다는 보고를 했다는 이야기를 들었습니다. 그 이야기를 듣고 정말 기가 막힐 노릇이었습니다. 분명히 출종무 사무실에 우리가 겪었던 폭행상황을 전부 보고하였음에도 불구하고 그렇게 보고가 되었다는 것은 저희 승무원을 한 인격체로 생각하고 있지 않다는 극단적인 생각까지 불러일으키게 만들었습니다.

저희는 지금 전승무원에게 진술서를 받고 있습니다. 저희 승무원을 한 존중받는 인간으로 생각해 주시지 않는다면 문서로나마 진실을 남겨서 알리는 수밖에 없다고 생각했기 때문입니다.

또한, KTX 열차 내에서 일할 때에도 공사소속 정규직인 열차팀장님과 비정규직인 유통소속 승무원이 소속이 다르기 때문에 업무를 공유할 수 없다는 것은 정말 비효율적인 일이 아닐 수 없습니다.

사장님께서 말씀하신대로 저희 KTX 승무원들은 철도유통의 경영진들과 충분히 대화로 타협하기를 원했습니다. KTX승무지부는 승무원들의 의견을 모두 수렴하여 철도유통의 경영진과 대화로 타협코자 여러 번 자리를 마련하여 만났고, 평화적으로 해결하고자 노력하였습니다.

그러나 유통은 단 한치도 배려나 양보를 하지 않고 본인들의 주장만을 고수, 일방적으로 일을 진행하여 저희들의 사정을 알리고자 전단지를 만들어 배포하기 시작했습니다.

이렇게 저희들이 전단지를 배포한 것은 일방적인 주장으로 일관하는 사측이 협의에 임하도록 하기 위한 방편이었을 뿐입니다.

그러나 승무본부장은 전단지를 배포한다는 이유로 저희 승무원들에게 근로계약서의 계약해지 조항을 들어 해고하겠다는 의도의 글을 두 번이나 게시하였습니다.

그럼에도 불구하고 저희는 평화적으로 대화를 이끌어내고 싶었기 때문에 본부장과의 면담도 먼저 요청을 했고, 8.5퍼센트의 예비율이 충분하다는 회사측의 말을 믿고 협의를 하며 정말 인간적으로 평화적으로 해결하고 싶다고 말씀드렸더니 정말 해고하겠다는 의미는 아니지만 누가 몇 번씩 전단지 배포를 했는지 체크하고 있고 앞으로 참고자료로 활용하겠다고 했습니다.

저희는 계약직이고 나이 어린 여성입니다. 해고할 수도 있다는 승무본부장의 공지를 그냥 듣고 넘어가기엔 너무도 미약한 존재입니다. 저희 승무원들은 불안에 떨고 있습니다.

전혀 저희의 바람이나 생각을 이해하고 받아들일 의사가 없는 사측과 대화로 풀어나가고자 하는 것도 한계가 있어 정말 안타깝고 서럽습니다.

사장님! 2004년 4월 1일, 희망과 꿈을 안고 저희는 KTX 여승무원이 되었습니다. 3백 킬로미터로 달리는 KTX와 더불어 저희의 꿈도 함께 커나갈 수 있을 거라 여겼습니다. 계약직 신분으로 시작해야 하는 것은 알고 있었지만 열심히 일하면 언젠가는 정규직이 될 수 있을 거라 생각했습니다. 그 어느 누가 평생 계약직으로 일하기를 원하겠습니까?

입사 지원할 당시 소속이 홍익회라고 되어있었지만 그때 그것이 무엇을 의미하는지를 아는 사람은 아무도 없었습니다. 이렇게 위탁으로 내맡

겨지는 신세가 된다는 것을 알았다면 KTX 승무원으로 입사하지 않았을 것 입니다.

욕을 먹고, 객실 내 모든 승객이 보는 가운데 수난을 당해도 묵묵히 일해왔습니다. 그렇게 인내하며 저희가 일해 왔던 이유는 저희가 서비스인이기 때문이었습니다.

우리 일에 만족을 느끼고 자부심을 느끼는 그날이 언젠가는 올 것이라는 희망을 버리지 않았기 때문이었습니다. 언젠가는 나아질 거라는 실낱같은 한줄기 희망이 있었기 때문이었습니다.

사장님께 감히 부탁드립니다. 저희 KTX 여승무원들이 안정된 분위기 속에서 고객들에게 마음에서 우러나오는 서비스를 제공할 수 있도록 도와주십시오. 우리의 직업에 자부심을 느끼고, 희망을 가질 수 있도록 도와주십시오. 최소한의 인간다운 권리를 보장받는 환경에서 당당하게 일할 수 있도록 해주십시오.

앞으로 더욱 최선을 다하는 KTX 승무원의 모습을 기대하셔도 좋을 겁니다. 감사합니다.

2005년 10월
KTX승무지부

제4부
저 별빛

안드로메다로 가는 메텔에게

메텔, 은하철도999를 타면 당신이 있어요

메텔, KTX를 타면 여승무원 김텍스 양들이 있어요

메텔, 당신은 승무원이 아니고 비정규직 떠돌이별 김텍스 양들은 승객
이 아니에요

메텔, 은하철도999에서 떠돌이별까지, 먼가요?

핸드폰이 울려요

─ 푸른 하늘 은하수 하얀 쪽배를 인당수가 산산조각 내기로 했습니다

KTX 성단 관리국에서 송신해 준 친절한 문자예요

메텔, 그들이 잘려요

오, 당신의 긴 머리채가 아니라 김텍스 양들을 향해 칼을 뽑았어요

뽑고 다시 뽑고 버리고 또 버려도 젊고 예쁜 여자들은 닭처럼 많아

삭둑 자르면 스륵 무너지며 눈물도 없이

떠날 때를 알고 떠나는 기계 인간의 뒷모습은 얼마나 아름다운가*

메텔, 당신이 옷을 벗어요 김텍스 양들이 옷을 벗어요

메텔, 엑스레이를 든 해적 안타레스보다 KTX 성단은 더욱 강해요**

김텍스 양들은 우루루 무표 승객이 되어 발판까지 밀려 났어요

김텍스 양들은 손잡이에 매달려도 기차는 날아가요

도와줘요 메텔!

*이형기 시인의 「낙화」에서 차용.
**해적 안타레스 : '은하철도999'의 등장인물이며
X-RAY로 인간과 기계 인간을 구별한다.

조정 1956년 전남 영암에서 태어났다. 2000년 한국일보 신춘문예에 시 「이발소 그림처럼」이 당선되어
작품 활동을 시작했다.

김자흔

먼 길

―파업 중인 승무원의 일기

토독 토독 떨어지는 빗방울을 세다가
새벽녘에야 겨우 잠이 들었다
창문을 내려치는 난타 소리와
휘익, 몰아쳐대는 폭풍우 소리
오늘은 또 어디서 차가운 잠을 청해야 하나
까뭇, 다시 잠의 나락으로 빠져들었다
칼끝을 박고 있는 듯한 명치 끝 통증
깜짝 깨어나니
웅크린 태아잠을 하고 있다
온몸은 식은땀에 젖어 있고
생각은 밑바닥으로 곤두박질치는데
조용해진 빗소리
그새 빗줄기 그쳤는가
무서운 폭우 소리 너도 들었지
옆 동료를 흔들어 깨웠더니 되레 내게 묻는 말

그게 무슨 소리야

그럼 잠시 깨어 들었던 폭우 소리는

잠 속의 환청이었던가

깊은 심사 어지러워 꿈길까지 그렇게 사나웠던가

동 틀 시간은 아직도 멀고

우리는 젖은 몸을 이끌고 절름절름 먼 길을 가고 있다

김자흔 충남 공주에서 태어났다. 2004년 시 「사랑에 관하여」 외 3편으로 『내일을 여는 작가』 신인상을 수상하며 작품 활동을 시작했다.

김사이

타오르는 꽃들

깔끔하고 산뜻한 제복을 입은 그녀는
KTX 여승무원
고객들의 편의와 안전을 위해
온갖 잡일을 도맡아 하는 그녀는
떨리는 마음으로 출근하면서 최선을 다해 일을 하지만
그녀에게 돌아오는 것은 골골거리는 육신뿐
하늘이 주신 귀하디귀한 생명
생리휴가도 마음대로 못 쓰고 일을 해야 하는
하다못해 철도공사 직원들에게 주는 무임승차증도 받지 못하는,
아주 작은 것에서부터 피눈물 나게 하는
그녀는 신자유주의 노동시장이 만든 비정규직인형

이 땅에 비정규직 노동자가 850만이 넘어가고
그 중에서 비정규직 여성노동자는 70%가 넘는다
계약직에 위탁직원으로
회사에서도 국가에서도 책임을 지지 않고
같은 직원이어도 남성은 정규직이다

인간의 존엄성까지 내던지며 구걸해야 하는
그녀는 이름도 없는 비정규직 여성노동자

언제 풀지 모르는 가방을 싼다
인간에 대한 예의도 생명에 대한 존중도 없이
눈에 거슬린다는 이유만으로도 해고를 당해야 하는 그녀는
살아 있은들 사는 것이 아니라고,
꽃다운 나이 동료들과 손을 잡는다
나란히 차가운 시멘트바닥에 앉는다
고여 있는 속울음 메마른 입술 사이로
터지고
가슴속 불덩이가 숨을 끊을 것처럼 뜨
거워진다
붉게 타오르는 그녀, 꽃 핀다

김사이 1971년 해남에서 태어났다. 2002년 계간『시평』여름호에「서른여섯 살 꽃」 등을 발표하며
작품 활동을 시작했다.

김창규

내가 사는 일

세상 일 내 마음대로 되는 일 없지만
크게 저항하며 몸부림칠 때
뼈 아프고 눈물나고 괴로워도
희망은 바로 여기 광장에 있지
모두 일어서서 소리치며 울부짖을 때
꽃나무들 눈서리 비바람 참아내야
열매를 맺고 기쁨을 나누는 것처럼
피 흘리며 쓰러져 죽어가는 노동자의 길에
목숨을 걸고 싸우는 이유 단 하나
인간답게 살고 싶다는 것이야
나를 억누르고 잡아 가두어도
끝끝내 투쟁하며 무릎 꿇지 않아
내가 세상에서 사라진다 해도
나는 절대로 노예가 될 수 없어

김창규 충북 보은에서 태어났다. 시집으로 『푸른 벌판』 등이 있다.

그대들을 희망의 이름으로 기억하리라

― 비정규노동자, KTX 여승무원 파업에 부치다

일제 치하 1929년 함경도 원산
도시 전부를 마비시킨 조선노동자의
목숨 건 총파업을 기억하라!

장기 파업으로 초조해진 일본인 화물주들
일본에서 노동자들 급거 공수하였는데, 현해탄 건너
부산항에서 기차를 타고 원산역에 내린 일본노동자들

조선에 일꾼 모자라 아우성이라더니
정작 도시는 쥐 죽은 고요
부두에 내린 일본노동자들 조선노동자에게 물었다
　　―당신들은 왜 일을 않는 거요?
　　―우리는 파업 중이요!
　　― … 우리는 모르고 왔소

대화는 그뿐,
한 일본노동자가 동료들을 향해 돌아섰다
　─우리가 이곳에서 일을 하면 저들은 더 굶어야 하고
　　파업은 물거품이 되오.
　　일본이 조선을 지배하고 있지만 노동자는 하나요!

그 길로, 그들은, 빈손으로, 돌아갔다
자기 주머니 털어 차표를 끊어

2006년 남한의 비정규노동자들의 파업
그리고 여승무원 누이들의 눈물어린 투쟁
삶이 외짝 레일 외짝 바퀴 실려
탈선의 공포에 나날이 가위 눌릴 때
그리하여 찬 길바닥에 몸을 던질 때
비닐천막을 찢고 침낭을 파고드는
한 무리의 싸늘한 손길들, 비굴한 눈길들
저들도 어제는, 우리는 기계가 아니다,
인간답게 살고 싶다고, 절규하던 그들

그들 뒤에서 피흘리며 그들 위해 몸을 던지고
빈손으로 돌아간 이들 모두 잊은 그들

그러나, 아, 철도노동자들!
그러한 냉소를 허공에 날려버리는 파업
비굴함을 작파해버리는 파업
절망을 파업해버리는 파업
저 누이들의 눈물을 훔쳐주는 파업

2006년 우리의 희망은 어여쁜 누이들의 어깨 위에,
저 강철 레일 위에, 절망하지 말라
아 기억하자, 노동자는 언제나
깨어져서야 승리한다는, 사실을!

백무산 1955년 경북 영천에서 태어났다. 1984년 『민중시』에 연작시 「지옥선」을 발표하며 작품 활동을 시작했으며, 시집으로 『만국의 노동자여』 등이 있다.

오진엽

멀미

– KTX 승무원 투쟁에 부쳐

시속 300키로가 넘는
고속열차에서
뭍으로 떠밀려온 지 한 달

흔들거리는 객실에서
아무렇지 않던 우리가
꿈쩍 않는 세상 앞에서
멀미를 한다

그래도
토닥토닥 거려줄 것은
이놈의 세상이라
새우잠을 자고
도시락 까먹으면서
비정규직 차별

울렁울렁 토하는 것이다

아뜩한 멀미
한 달이 넘도록 버티고 있음은
딸자식 걱정 눈물바람
우리도 엄마가 되어
이 세상 살아야 하기에

오진엽　1969년 전북 김제에서 태어났다. 2005년 '전태일문학상'을 수상하며 작품 활동을 시작했다.

김주태

겨울꽃

─ KTX 여승무원들

저것은

폭설과 매운 바람이 남긴 상처

밤낮 없이

할퀴다

할퀴다

할퀴다

돌아 간 흔적

보아라

눈 가진 사람이라면 다 보아라

작은 꽃망울 밖으로

어떻게 상처를 드러내는지

저렇게 환한 울음 터뜨리고 어떻게 세상에 나오는지

한 무더기 강철 꽃잎들

북 치자 진달래 터진다

꽹과리 치자 노랗게 산수유 온몸 흔든다

하늘이 돈다 바다가 돈다 나무가 돈다

푸른 피 말아 올리는 그 앞에서

모두 다 무릎 꿇어라

김주태 1969년 경북 봉화에서 태어났다. 1997년 『작가정신』에 시 「화해」를 발표하며 작품 활동을 시작했다.

저 별빛

나 어제

2006년 5월 24일

비바람 몰아치던 날

대한민국 독도문화예술축전이 있던 날

독도선착장 옆

숫돌바위에 넋 놓아 앉아 보았다

누천년 폭풍한설 속에서도

일가 이룬 해당화식구들을…

혹 저 가여운 꽃들이

우리가 잊고 온 이 나라

비정규직 슬픈 노동자들이 아니었을까 하는…

역사는 상처받은 시간들이 스러져

노여운 시가 되어서

아무도 눈 주지 않는 버림받은 외진 곳

고통이 마침내 꽃이 되어서

망망대해 먼 동쪽

별이 빛나는 것인가

그리하여 저 별빛이

우리에게 길이 되어 주시는 것인지.

홍일선 1950년 경기도 화성에서 태어났다. 1980년 계간 『창작과 비평』을 통해 작품 활동을 시작했다. 시집으로 『농토의 역사』, 『한알의 종자가 조국을 바꾸리라』 등이 있다.

김명환

계약직

– KTX 여승무원이 되고 나서

KTX 여승무원이 되고 나서
나는 껌을 씹지 않는다
컵라면도 통조림도 먹지 않는다
봉지 커피도 티백 보리차도
드링크도 탄산음료도 마시지 않는다
물티슈도 내프킨도 종이컵도
나무젓가락도 볼펜도 쓰지 않는다

눈이 하얗게 내리던
크리스마스 이브
아스테이지에 돌돌 말려
빨간 리본을 단
장미 한 송이 받아들고
나는 울었다
내가 불쌍해서

한번 쓰고 버려지는 것들이
가여워서
눈물이 났다

제복을 입고 스카프를 두르면
어느 삐에로의 천진난만한 웃음보다
따뜻하고 화사하게 웃어야 했지만
웃으면 웃을수록
자꾸 자꾸 눈물이 났다

사는 것이
먹고 사는 것이
힘든 줄은 알았지만
이렇게 구차하고 비굴하고
가슴이 미어질 줄은 몰랐다

KTX 여승무원이 되고서야 나는
이 세상이

한번 쓰고 버려지는 것들의
눈물이라는 걸 알았다
흐르고 넘쳐
자꾸 자꾸 밀려오는
파도란 걸 알았다

김명환 1959년 서울에서 태어났다. 1984년 사화집 『시여 무기여』를 통해 작품 활동을 시작했으며, 시집으로 『어색한 휴식』이 있다.

오도엽

사무치게 미운 누이여

누이여
미운 누이여
징하게 미운 누이여
미치게 미운 누이여

내가 시인이란 걸
치를 떨며 부끄럽게 한 누이여
결국 시를 쓰지 못하고
잠들지 못하게 하는 미운 누이여

누이여 아는가
내가 아침마다 먹고 살려고
출근하는 길이
청파동인데 서울지역본부 정문 앞을
날마다 지나쳐 걸어야 한다는 것 아는가

2월 어느 날 서울역 대합실에서 최소 한달은 싸운다고 결의식을 가질 때 절대 믿지 않았다는 걸, 그날 부른 파업가는 내겐 투쟁가가 아니라 노래방에서 불릴 대중가요로 밖에 다가오지 않았다는 걸, 누이가 침낭을 펼친 서울지역본부 건물 철조망에 노란꽃이 피어날 때도, 건물에 내림막이 펼쳐졌을 때도, 누이여

벌써 노란개나리 피고지고, 벌써 담벼락에 매달린 노란꽃 누렇게 바랬고, 노란꽃잎에 또박또박 쓴 글자들 하얗게 바래고, 내 절대 믿지 않으려 했던 믿음 처절히 짓밟으며, 국회에서 들려나가고, 거리에서 쫓겨나고, 언론에서 누이의 소중한 순결 짓이겨질 때, 누이여

누이여, 사무치게 미운 누이여

오월 열하루날 누이의 몸이 닭장차에 실리고, 차마 누이가 실려 갈 때 다가서지 못하고, 누이 없는 틈에 살그머니 보금자리에 고개 숙이며 스며들어, 보았지 보고 말았어 먹지 않은 사과 한 알 오렌지 한 알 이층 계단에 뜯지 않은 라면 봉지와 함께 뒹굴고 있는 걸, 누이가 끌려간 회의실엔 노란 바람개비 네 개가 탁자 위에 주인 잃고 돌아갈 힘도 없이 멍하게 서 있는 모습을, 누이여

누이여 모르지 모를 수밖에 지금 차가운 마루바닥에 있을 테니 모를
수밖에, 누이가 떠나자 부랴부랴 그 날의 내림막도 감쪽같이 사라지고 담
벼락의 노란꽃도 우수수 바람에 사라져 보이지 않고 언제 꽃이 피었냐는
듯, 누이여

누이여 하지만 없애려 해도 결코 없어지지 않은 누이처럼, 지우려 해도
절대 지워지지 않을 누이처럼, 노란꽃 하나 사철나무 귀퉁이에 홀로 피어
누이를 기다리고 있다는 걸, 누이의 노란꽃 뭉갠 이들은 아직도 모를 거
야, 담벼락 아래 칼로 잘린 노란꽃잎 한 장 보도블록 위에 떨어져 행인들
의 발길에 짓밟히면서도 피어있다는 걸 모를 거야 모를 수밖에, 누이가
민들레가 되어 웃고 있다는 걸, 누이여

모질게 피어나는 누이여
끈질기게도 피어나는 누이여
발길에 채이고
길거리에 내팽개쳐지며
피어나는 누이여

고속철도의 꽃이

비정규의 꽃이 되건 말건

투쟁의 꽃이 되건 말건

미운 누이여

누이의 삶은 이미 민들레꽃이 된 것을

누이의 얼굴은 이미 노란 민들레꽃이란 걸

못난 시인의 머리 쥐박으며

피어나는 희망의 기적소리라는 걸

미치게 잠 못 들게 하는 이 밤

환하게 달빛 아래

누이의 꽃

피고 피고 또 피고

오도엽 1967년 전남 화순에서 태어났다. 1997년 '전태일문학상'을 수상하며 작품 활동을 시작했다. 시집으로 『그리고 여섯 해 지나 만나다』가 있다.

이제부터 사랑이다

― KTX 여승무원의 울음을 들었다

치떨어라
분노하라
산산이 부서져 혼자 남은 동지들아
철저히 외면당하고 철저히 짓밟힌 동지들아
모든 배신을 통해
아, 제 몸에 새겨진
노동자가 되어 돌아온 동지들아
네가 본 것은 자본의 멸시
네가 본 것은 덩치만 커진 노동세력의 헛꽃
하여 너는 진정한 비정규직 밥그릇,
스스로의 생명줄로만
돌아온 것이다 아니
영접한 것이다, 왜 우리는 전투적이어야만 하는가!
왜 다른 길이 아니라
노동자의 길을 가야만 하는가!

모든 의문의 끝을 넘어서
모든 절망의 끝을 지나서
거짓과 진실, 노여움과 사랑으로
돌아온 것이다 꽃이 되어
겨우내 자기를 깡그리 비우고서야
피어나는 그래 그래 봄의 사상처럼
피어난 것이다 스스로의 몸에
가장 아름다운 인간으로

패배는 영리하게도 하지만
무섭도록 순수하게도 한다
그래서 승리, 이제부터 거대한 사랑
의 시작이다
우리 꽃 같은 여성동지들아
내 가슴에 새긴 울음아 웃음아

오철수 1958년 인천에서 태어나 국민대를 졸업했다. 시집으로 『아버지의 손』, 『먼 길 가는 그대 꽃신은 신었는가』 등이 있다.

KTX 언니들이 간다

내 엉덩이가 무겁다고

얼굴 찌푸리던 신문지야 깔판아

안 그래도 이제 간다

머리띠야 투쟁조끼야

콜록 콜록 침낭아

네 덕에 우리가 간다

징글징글 도시락아 컵라면아

이제 언제 다시 만나랴

밀린 빨래야

미뤄졌던 약속아

아직도 보지 못한 '왕의 남자' 공길아

조금만 기다려라

진달래 꽃단장에

개나리 분 바르고

이팔청춘 이 언니가 달려간다

삼겹살아 소주야

허리띠 풀고 기다려라

이한주 1965년 서울에서 태어나 중앙대 국문과를 졸업했다. 1992년 '윤상원문학상'을 수상하며 작품
활동을 시작했다. 시집으로 『평화시장』, 시와 산문을 엮은 『너희들 키만큼 내 마음도 자랐을까』가
있다.

우리는 누구나, 누구의 생에 돌멩이 하나입니다

이경자

어느 날, 뉴스에서 문자메시지로 여러분이 해고 통보를 받았다는 기사를 보고 문득 떠오른 첫 번째 생각은 '여자기 때문이다'였습니다. 그때 마치 저녁연기처럼 제 가슴에 피어오르던 모욕감, 굴욕감을 어찌 글로 표현할 수 있겠습니까. 나와는 상관없어도 나와 상관있는 이 일, 이 굴욕, 이 모욕을.

그러나 아무것도 해줄 것이 없는 어머니뻘의 소설가 나.

여러분! 우리는 누구나, 누구의 생에 돌멩이 하나입니다. 우리는 누구나, 누구의 역사에 밧줄 한 오라기입니다. 우리가 자신의 가장 젊은 날, 그 앞을 가로막는 부정한 탐욕과 편견과 차별과 수모와 굴욕의 벽에 짓눌려 죽는다면… 우리는 평생 그 일을 생애의 수치로 감수해야 할 것입니다. 그런 수치의 옷이 지금 너무 두터워 숨 쉬기도 버거운 제가 여러분께 부끄러움을 무릅쓰고 말씀드립니다.

여러분!

힘을 모으십시오.

단결하고 또 뭉쳐서 저 치욕의 벽, 저 너절한 벽의 벽돌 한 장을 뽑아

버리세요.

진실이 여러분의 생명에 인사하게 될 것입니다.

여러분.

부끄러운 글로 여러분께 동참할 수 있어 다행입니다.

이 기회를 놓치지 말길!

여러분 만세!

여성의 힘 만세 만만세!

이경자 1948년 강원도 양양에서 태어났다. 1973년 서울신문 신춘문예에 소설 「확인」이 당선되며 작품 활동을 시작했다. 창작집으로 『절반의 실패』, 장편소설로 『혼자 눈뜨는 아침』, 『계화』 등이 있다.

인간으로 살기 위하여

윤동수

철도공사 서울지역본부에서 침낭을 준비하고 장기전에 대비한다는 KTX 여승무원들의 투쟁소식을 접하니 안쓰럽기 그지없습니다. 차디찬 시멘트바닥에서 잠을 청하며 여러분들은 인간과 세상에 대해 많은 생각을 했을 줄 믿습니다. 20대 여성이 대부분인 여러분들은 지난 몇 주간 세상에 태어나서 일찍이 겪어보지 못했던 낯선 경험을 했을 겁니다. 수많은 승객들이 오가는 대합실 바닥에 앉아 구호를 외치고 노래를 불렀지요. 머리띠를 질끈 묶고 '철도공사는 직접고용 하라'고 주먹을 힘차게 흔들어보였습니다.

이번 사태를 맞이하기 전, 여러분들은 붉은 머리띠를 두르고 과격한 시위를 벌이는 노동자들을 텔레비전에서 더러 봤을 겁니다. 아마 그들의 거친 행동에 여러분들은 눈살을 찌푸렸을 테지요. 그것도 아니면 나하고는 상관없는 일이라고 외면했을 겁니다. 인간답게 살고 싶다는 노동자들의 절규가 여러분들에게는 와 닿지 않았을 테지요. 그건 어쩌면 당연한 일인지도 모르겠습니다. 왜냐하면 길바닥에 나앉아 생존권을 보장하라고 외

치는 노동자들이 여러분의 눈에는 별세계 사람들로 보였을 테니까요. 분
명히 같은 하늘 아래 살고 있음에도 여러분들은 노동자들의 삶을 받아들
일 수가 없었습니다. 하지만 지금은 어떻습니까. 거리에서 집회장에서 부
당해고를 철회하라고 외치던 그 노동자들이 바로 여러분과 다르지 않음
을 깨닫게 되었습니다.

여러분들 중에는 KTX 승무원을 첫 직업으로 삼은 분들이 많을 겁니다.
학교를 졸업하고 들어간 첫 직장에서 사회의 비정함을 맛봤으니 충격이
클 줄 믿습니다. 여승무원 여러분, 취직하기가 하늘의 별따기라는 요즘,
일자리를 얻었으니 그 기쁨이야 말할 수 없었을 테지요. 기대가 컸던 만
큼 실망도 컸을 테지요. 어쩌면 돌이킬 수 없는 상처를 입은 분들도 많을
겁니다. 아, 우리사회가 이 정도였는가, 비정규직이라는 이름 아래 인간을
하찮은 소모품 취급하는 사회였던가, 이제껏 몰랐던 우리 사회를 새롭게
알게 되었을 겁니다.

여러분들이 겪고 있듯이 지금 우리 사회는 노동자들을 벼랑 끝으로 내
몰고 있습니다. 대공장 노동자부터 농민에 이르기까지 생존권이 뿌리째
뽑히고 있습니다. 그것은 KTX 승무원으로 일하는 여러분들이 극명하게
보여주고 있습니다. 같은 열차 안에서 일하는 기관사, 열차팀장은 철도공
사에서 직접고용 하고 여승무원만 계약직으로 간접고용 한다는 것은 명
백한 성차별이요 인권유린입니다.

여러분들은 투쟁을 하면서 이제껏 몰랐던 짙은 '동지애'를 맛봤을 겁니다. 그것은 생사를 함께 하는 사람들만이 느낄 수 있는 진한 인간애입니다. 저, 폭력이 난무하던 80년대, 철거민들이 명동성당 들머리에 모였습니다. 왜냐하면 빈민촌을 없앤답시고, 사람이 사는 멀쩡한 집을 굴삭기가 짓밟았기 때문입니다. 집안에서 놀던 아이가 숨지고, 집이 부서지자 하루 벌어 하루 먹고 살아가던 철거민들은 투쟁에 나섰습니다. 살 집이 없어지고, 생존이 박탈당할 위기에 처한 인간이 할 수 있는 거라곤, 살려고 발버둥치는 일밖에 없습니다. 유독가스에 사람이 죽어나가던 공장에서는 부패한 시신을 담은 관을 앞세우고 노동자들이 싸웠습니다. 그들은 단 하나의 꿈을 위해 일어섰지요. 인간답게 살고 싶다는, 인간으로서 지극히 평범한 꿈을 이루기 위해 그들은 목숨을 걸고 싸워야 했습니다.

여러분 가운데 어느 조합원이 '마음만은 언제나 처음과 같다'라는 말을 했더군요. 인간으로서 최소한의 자존심을 지키고, 열악하고 불안정한 근로조건이 아닌, 차별받지 않는 노동자의 삶을 살기 위해 일어선 여러분의 마음을 읽을 수 있었습니다.

여러분의 투쟁은 인간으로 살기 위한 고귀한 몸부림입니다. 여러분의 눈물 한 방울이 여러분의 삶을 더욱 살찌울 것입니다. 나아가 우리 사회에서 고통 받는 수많은 비정규직 노동자들에게도 커다란 힘이 될 것입니다. 지금은 비록 거리에서 한뎃잠을 잘지라도 언젠가는 고용불안을 떨치고 일할 수 있는 날이 오리라 믿습니다. 여러분은 저임금에 팔려 다니는 값싼 계약직 취급을 받아서는 안 됩니다. 여러분은 정규직 승무원으로 일

해야 합니다. 승객은 안전한 철도여행을 원합니다. 그러기 위해서는 승무원인 여러분이 인간대접을 받아야 합니다. 여러분의 힘으로 철도공사 정규직이 되는 날, 저임금에 자신을 파는 계약직이 아닌, 일한 대가를 정당하게 받는 노동자로 거듭날 것입니다.

윤동수 1960년 태어나 중앙대 문예창작학과를 졸업했다. 1990년 계간 『사상문예운동』 겨울호에 중편 「새벽길」을 발표하며 작품 활동을 시작했으며, 창작집으로 『바람이 우리를 데려다 주리』가 있다.

달리는 기차바퀴가 대답하려나

권혁소

지금은 춘천에 살지만 태백에 한 십여 년 살았던 적이 있다. 춘천에는 기차역이 두 군데인 데 비해 태백엔 참 기차역이 많았다. 가히 철도도시라 할 만했다. 내 살던 자취방은 기찻길에서 멀지 않은 곳에 있었는데, 새벽을 깨우는 것은 언제고 완만한 곡선을 그리며 마을 앞을 지나가던 기차의 길고 우렁찬 기적소리였다. 태백준령을 넘어 나를 또 다른 도시로 실어 날라준 것도 언제고 기차였다. 나는 주로 철암역에서 기차를 타고 원주역에서 내렸고 탄광촌으로 돌아갈 때는 그 반대로 했다. 연애를 할 때는 청량리까지 갈 때도 있었다.

동료의 결혼식이 있어 영주에 갈 때던가. 그때는 아직 일렬로 마주볼 수 있게 의자가 배열된 완행열차가 있었을 땐데, 우리는 어울리지는 않았지만 넥타이에 통기타, 통닭을 준비해 기차에 올랐다. 같은 칸에 탄 승객들에게 정중히 용서와 이해를 구하고 두 시간여 '난장'을 떤 적이 있었는데, 역무원도 노래를 부르게 했으니 우리들의 난장이 망나니짓만은 아니었던 모양이다. 두 번 다시 그런 기회도 용기도 찾아오지는 않겠지만 기차 없는 청춘을 생각할 수 있겠는가.

기차, 승객은 추억을 먹고 노동자는 기름밥을 먹는다. 언제였던가. 서울에서 집회를 마치고 귀향하는 길에 '단결투쟁' 리본을 왼쪽 가슴에 달고 있던 역무원에게서 느꼈던 반가움, 막연하지만 그것이 동지애 아니던가.

나는 앞으로도 기차가 무한 추억을 제공해 줄 것을 바란다. 그러기 위해선 잠시 불편하더라도 철도노동자들, 비정규직의 설움을 어깨동무로 견디고 있는 여승무원들의 고통의 외침에 귀를 기울여야 한다. 그들은 우리들의 누이가 아닌가.

선진국과 후진국의 차이가 무엇인가. 후진국은 내 불편을 먼저 생각

하고 선진국은 상대방의 불편을 먼저 헤아린단다. 철도노동자, KTX 여승무원들이 왜 파업을 하고 있는지는 노동자들이 피와 땀으로 굴리고 있는, 달리는 기차 바퀴가 대답하지 않겠는가. 우리는 메아리로 응답해야 하지 않겠는가. 바퀴는 굴러가야 하므로.

권혁소 1962년 평창 진부에서 태어났다. 1984년 『시인』, 1985년 강원일보 신춘문예를 통해 작품 활동을 시작했다. 시집으로 『논개가 살아온다면』, 『수업시대』, 『반성문』, 『다리 위에서 개천을 내려다보다』 등이 있다.

생각하는 철도기관차

정혜주

나는 철도기관차이다. 1899년 철도레일을 깔고 사람들을 싣고 왕복하기를 100년, 이제는 모르는 길이 없고 안 가본 도시가 없다. 내가 도착하는 역마다 사람들로 붐비고 작은 시골 마을이 큰 도시로 변화되어 간다. 마을도 바뀌고 사람들도 바뀌고 시대가 바뀌면서 나도 시속 3백 킬로미터를 자랑하는 떼제베 고속기관차로 다시 태어났다.

나의 자랑은 한 해 수천만 명의 승객을 가장 안전하고 편안하게 원하는 목적지에 모셔드리는 일을 하고 있다는 것이다. 물론 기관사 아저씨들이 나를 안전하게 이끌고 운전하시기 때문이기도 하지만 안전을 위해 정비해 주시는 분들과 역무원들의 노력이 우리를 빛나게 한다.

옛날에는 오로지 사람과 화물을 태우고 목적지에 안전하게 도착하면 모든 일이 끝났다.

그러나 이제 세상이 바뀌어 자가용을 운전하는 사람들이 많아지고 고속버스, 비행기 등 다양한 탈거리가 생기고 서로 경쟁하면서 없어지는 선로도 생기고 안 다니는 구간도 많아졌다.

그리고 새로운 선로가 생기면서 더욱 세련되고 빨라진 모습으로 탈바

꿈되어 지금의 멋진 KTX기관차로 사람들의 관심과 사랑을 받게 되었다.

무엇보다도 내 자랑거리는 빠른 속력과 함께 멋진 서비스를 제공하는 KTX 여승무원 언니들의 정성스런 서비스가 있다는 점이다. 환한 미소와 봉사정신으로 승객들의 편안한 여행을 안내해 주는 예쁜 언니들이 선로를 달리는 나와 나를 이용하는 승객들을 기쁘게 해준다.

그런데 지금은 KTX 여승무원 언니들이 나와 함께 달리지 못한다. 비정규직으로 고용된 언니들은 계약기간이 끝나면 철도공사에서 다시 취업을 시켜줘야만 일을 할 수 있단다.

비정규직? 나처럼 많은 승객과 화물을 수송하는 열차에게는 안전이 제일 중요한데, 정규직으로 일을 해도 몇 년이 걸려야 손발이 맞는 전문적인 철도 수송 업무에 비정규직을, 언제든지 갈아치울 수 있는 비정규직을 배치하다니 나를 너무 무시한다.

우리 열차들의 운명과 기관사, 승무원, 역무원 등 철도 종사자들의 운명은 저 위의 높으신 분들에 의해 결정되어 왔다.

처음에는 철도가 사람들을 운송하는 가장 좋은 수단이라 선로를 깔고 역을 만들고 노선을 확정하면 사람들이 너도나도 몰려들어 항상 큰 수익이 났었기에 승무원을 정규직으로 뽑아서 썼었다. 위대한 군사독재자들이 통치를 하던 시대에는 경제발전을 위해 기간산업 육성을 한다며 산업물자를 실어 나르기 위해 선로를 확장하고 복선화하고 하면서 경제대국으로 가는 지름길로 철도가 놓여졌고 우리가 달렸었지.

그런데 우리가 열심히 달려 짭짤한 수익을 내고 국민들도 잘 살게 되자, 권력의 중심인 정치권에서 막대한 이권이 개입된 고속철도사업을 계획하고 무리하게 사업을 벌이면서 우리들은 애물단지가 되어 버렸던 거야. 사업비는 엄청나게 쏟아 부었는데 수익이 줄자 기관사, 승무원, 역무원들에게 무리하게 일을 시키면서 '적자를 메우자, 적자를 메우자' 철도공사의 수익만을 생각하게 되었던 거지.

역무에 시달리던 철도 노동자들이 이에 반발하여 노동조합을 민주화시켰고 근로기준법 적용을 요구하자, 철도공사는 적자를 메울 다른 수단을 강구했던 거야! 비정규직으로 외주를 주면 월급도 적게 주고 언제든 자를 수 있고 파업과 같은 집단행동도 예방할 수 있었던 거지. 경제가 발전해서 모든 사람들이 잘 살게 되는 줄 알았더니 몇몇 욕심 많은 사람들이 다 가져가고 대다수의 사람들은 오히려 옛날보다 더 어렵게 살게 되었어. 일하고 싶어도 일자리도 없고 나라에서 주는 보조금을 받아야 살 수 있는 사람들이 점점 더 많아지게 되었지.

그러니 이윤 추구만이 목적인 기업가들이 정상적인 임금을 주고 노동자들을 고용하지 않고, 편법으로 언제든지 자를 수 있고 비용도 적게 드는 비정규직을 쓰게 된 거지. 결국 적자를 앞세운 KTX에도 비정규직 노동자를 고용하게 되었던 거야.

철도공사의 적자는 사업과 경영을 잘 못해서 생기는 것인데, 애꿎게도 열심히 일하는 노동자에게 그 책임을 전가시키고 있는 거지. 사실은 낙하산인사로 자리를 차지하고 앉아서 별로 하는 일도 없는 사장들과 무리한 철도정책을 입안하고 시행한 과거 권위주의 정권들이 이권을 창출하면서 만든 적자들이지.

KTX 여승무원 언니들은 참으로 성실하고 정성스럽게 일하고 철도산업을 일으켜 세울 서비스 시대의 꽃인데, 이를 무참히 짓밟고 비정규 노동을 강요하면서 철도 서비스의 질과 수준을 떨어뜨린 사람이 바로 이철 철도공사 사장님이야. 옛날 독재권력 시절에 국민들의 관심과 성원으로 목숨을 건진 사람인데, 이제는 권위주의 권력이 만든 철도공사의 적자를 메우려고 자신을 믿고 성원해줬던 사람들을 몰아내려고 하지. 참 아이러니하게도, 고생하면서 성장한 사람이 높은 신분과 지위를 얻게 되면, 없는 사람들을 더 무시하고 자신을 있게 해준 사람들에게 칼자루를 휘둘러 사지로 몰고 가지. 그러면서 하는 말 '나도 옛날에 죽을 뻔한 적이 있는데 죽기 살기로 노력해서 이렇게 성공했으니, 여러분도 죽기 살기로 시키는 일만 하고 정규직이든 비정규직이든 가리지 않고 일할 사람들만 줄을 서라' 하고 말이야. 저렇게 못되게 잘난 사람 같으면 사형을 당하든 말든 신경도 안 썼을 텐데… . 사람들은 참으로 이해할 수 없는 종족이야. 우리는 정해진 선로를 벗어나지도 않고 사람들이 기대하는 대로 정확한 시간에 도착하는데, 사람은 예측이 불가능한 종자야.

앞으로 고급기관차인 나 KTX를 타 줄 돈 있는 사람도 몇 안 되고, 서비스를 기대하고 타는 승객들마저 질 낮은 서비스로 다른 고급승용차나 비행기, 고속버스로 가버리면 정말 우리들의 운명은 어떻게 되는 거지? 아프리카에 고속철도가 생기면 철도공사의 적자를 메우기 위해 팔려갈 운명이 될지도 모르겠는걸?

정혜주 1963년 전남 광주에서 태어나 연세대학교 독문과를 졸업했다. 1988년 무크지 『노동문학』에 중편소설 「동지와 함께」를 발표하며 작품 활동을 시작했다. 창작집 『내 안의 불빛』이 있다.

후기

3백 70여 명으로 시작된 KTX 여승무원의 파업이 백 일이 훌쩍 넘어가며 백 70여 명이 되었습니다. 한 명도 빠짐없이 모두가 KTX 승무원으로 자부심과 포부를 갖고 열심히 일하고 싶었습니다. 항공사 객실 승무원이 오랜 역사 속에서 안전과 서비스를 담당하며 꼭 필요한 존재로 인정받고 인식됐듯이 KTX 승무원도 KTX를 이용하는 고객들의 안전과 서비스를 담당하며 꼭 필요한 존재로 KTX와 함께 성장해가고 싶었습니다. 북한을 거쳐 시베리아를 통해 유럽까지 뻗어나가는 세계 다섯 번째 고속철도의 승무원으로 근무하고 싶었습니다.

저희는 일한 대로 급여를 받고 업무를 제대로 수행할 수 있도록 교육받고 책임과 권한을 가지고 일하고 싶었습니다.

KTX 승무원들이 여자라는 이유로, 바늘구멍 같은 취업난 속에서 사회에 첫발을 내디딘 새내기라는 이유로, 이 땅의 비정규직의 현실을 몰랐다는 이유로, 위탁을 통한 간접고용이 기본적인 인권과 노동권의 포기를 강요받아 노예와 같은 삶을 살아야 하는 것인지 몰랐다는 이유로, 이런 모든 소망과 바람을 버려야 한다면 이 땅은 저희들이 살아갈 땅이 아닐 것입니다.

이런 부당함이 저희의 부단한 노력에도 고쳐질 수 없는 것이라면 이 나라의 국민으로서 무슨 희망을 안고 남은 인생을 살아갈 수 있을까요?

우리의 부모님께서는 바라는 것 없이 법을 지키며 성실한 국민으로 살아 오셨습니다. 빽도 줄도 없는 소위 '서민'이지만 당당하게 살아 오셨고 저희들은 그 밑에서 바르고 옳은 길을 가라고 가르침을 받았습니다.

그러나 부모님께서 지켜 오신 '법'에 의해 저희들은 불법을 저지른 범죄자로 연행돼 유치장에 갇히고 손목에 수갑까지 찼습니다. 경찰서에 갈 일조차 없었던 저희들이 검찰을 드나들며 조사받고 있습니다. 구속까지 각오해야 저희의 신념을 건 싸움을 계속할 수 있습니다.

이 책은 백일 넘도록 파업을 통해 국민의 권리와 인간의 권리를, 노동자의 권리를 포기하지 않으려 몸부림치고 있는 KTX 승무원들의 생생한 삶의 애환을 담았습니다.

이것이 비단 저희만의 삶이라 생각하지 않습니다.

이 책을 통해 좀더 많은 분들이 이 척박한 현실 속에서 따뜻하게 함께 살아가기를 소망합니다.

2006년 7월
전국철도노동조합 KTX열차승무지부